칠레의 밤

칠레의 밤

로베르토 볼라뇨 장편소설

우석균 옮김

NOCTURNO DE CHILE by ROBERTO BOLAñO

Copyright (C) 2000, Roberto Bolaño
All rights reserved.
Korean translation copyright (C) 2010, The Open Books Co.
This edition is published by arrangement with Carolina López Hernández,
as representative of the literary estate of Roberto Bolaño
c/o The Wylie Agency (UK) Ltd. through Shinwon Agency Co.

COVER ARTWORK by AJUBEL (ALBERTO MORALES AJUBEL)

Copyright (C) 2010, Alberto Morales Ajubel and The Open Books Co.
All rights reserved.

이 책은 실로 꿰매어 제본하는 정통적인 사철 방식으로 만들어졌습니다.
사철 방식으로 제본된 책은 오랫동안 보관해도 손상되지 않습니다.

카롤리나 로페스와 라우타로 볼라뇨에게

가발을 벗으시지.

― 체스터턴

나는 지금 죽어 가고 있건만 아직도 하고픈 말이 너무도 많다. 나 자신과는 평화롭게 지냈는데. 그저 묵묵히 평화를 누렸건만. 그런데 느닷없이 이 일 저 일 떠올랐다. 그놈의 늙다리 청년 탓이다. 나는 평화로웠단 말이다. 그런데 지금은 평화롭지 않다. 몇 가지는 분명히 밝혀 둬야겠다. 그래서 팔꿈치에 몸을 의지하고, 덜덜 떨리기는 해도 고상한 머리를 꼿꼿이 쳐들고 기억을 낱낱이 더듬어 보련다. 나 자신을 정당화해 줄 행동들을 찾아서. 그놈의 늙다리 청년이 내게 일부러 흠집을 내려고 불과 하룻밤 사이에 퍼뜨린 말을 뒤엎을. 책임을 질 줄 알아야 한다. 나는 평생 그리 말했다. 모름지기 사람은 자기 언행에 책임을 질 도덕적 의무가 있으니까. 심지어 자기 침묵, 그래 그 침묵에도 책임을 져야 한다. 침묵도 하늘에 계신 하느님에게 들리고, 오직 그분만이 침묵을 이해하시고 판단하시니까. 그러니 침묵에도 아주 주의해야 한다. 나는 모든 일에 책임지는 사람이다. 나의 침묵은 티 하나 없다. 다들 분명히 알았으면 한다. 특히 하느님이 분명히 아셨으면 좋겠다. 나머지 사람들이야 무슨 상관이람. 하느님은 상관있으시지만. 내가 지금 대체 뭔 소리를 하는 건지. 가끔씩 나도 모르게 팔꿈치에 몸을 의지하고 있는 것을 알아차린다. 헛소리를 늘어놓다가 꿈꾸고, 나 자신과 평화를 유지하려고 노력한다. 하지만 가끔 내 이름마저 잊어버리니, 원. 내 이름은 세바스티안 우루티아 라크루아이고 칠레인이다. 부계 조상들의 고향은 요즘에는 에우스카디라고도 부르는 바스크 지방 또는 바스크국이다. 모계 쪽으로는 달콤한 땅 프랑스의 어느 마을, 스페인어로는 〈대지의 인간〉 혹은 〈걷는 사람〉을 뜻하는 마을의 후손이다. 이 마지막 순간에 내 프랑스어는 예전처럼 훌륭하지 않다. 그래도 느닷없이 집 앞에 나타나 딱히 이유도 없이 대놓고 욕을 한 그 늙다리 청년에게 대꾸할 힘이나 기억해 낼 힘은 아직 남아 있다. 이것만은 분명히 하련다. 나는 싸움을 하자는 것이 아니다. 한 번도 싸움을 건 적도 없고. 나는 평화를 구하고, 언행과 침묵의 책임을 찾을 뿐이다. 나는 이성적인 사람이다. 늘 그랬다. 열세 살에 하느님의 부르심을 받고 신학교에 들어가려고 했다. 아버지는 반대하셨다. 그리 심한 반대는 아니었지만 아무튼. 아직도 족제비나 뱀장어처럼 이 방 저 방 스르르 다니던 아버지 그림자가 기억난다. 그리고 어찌된 영문인지 어린 시절의 내 미소가 생각난다. 어둠 속에서 짓던 바로 그 미소가. 사냥 장면을 짜 넣은 고블랭직(織) 양탄자도 생각난다. 격식을 온전히 갖춘 만찬 장면을 그려 놓은 금속 쟁반도. 그리고 나의 미소와 떨림도. 1년 후 나는 열네 살의 나이에 신학교에 들어갔고, 세월이 흐른 후 졸업을 했을 때 어머니는 내 손에 입을 맞추며 나를 신부님이라고 불렀다. 내 귀에 그리 들린 것인지도 모르겠지만. 내가 놀라서 이의를 제기하자(신부님이라고 부르지 마세요, 어머니. 〈당신의 아들〉이잖아요. 아니 그냥 〈아들〉이라고 했던가) 어머니는 울음을 터뜨리셨다. 당시 내 생각이 그랬는지, 아니 이제야 그런 생각이 든 것인지, 인생이란 우리를 최후의 진실, 유일한 진실로 이끌어 가는 오류의 연속이다. 바로 그 전후해서, 즉 서품을 받기 며칠 전 혹은 며칠 후에 페어웰, 그 유명한 페어웰을 알게 되었다. 어디서인지 정확히 기억나지는 않지만, 아마 그의 집에서였으리라. 나는 그의 집으로 갔다. 그의 신문사 사무실로 내가 순례 길을 떠난 것이었을 수도 있고, 그것도 아니면 그가 회원으로 있는 클럽에서 처음으로 만난 것도 같다. 그날은 4월 산티아고의 여느 오후와 마찬가지로 우울한 오후였지만, 고전(古典) 속에서처럼 내 영혼에는 새들이 지저귀고 꽃이 피어났고, 페어웰이 그곳에 있었다. 그는 키가 커서 1미터 80센티미터였지만 내게는 2미터는 될 듯싶었으며, 훌륭한 영국제 옷감으로 만든 회색 양복을 빼입고, 수제 구두, 실크 넥타이, 나의 꿈처럼 티 하나 없이 새하얀 와이셔츠, 순금 커프스단추, 굳이 애쓰지 않아도 무슨 뜻인지 알 수 있는 기호가 새겨진 넥타이핀

차림이었다. 페어웰은 나를 바로 옆자리에 앉혔다. 아니 그전에 나를 서재 내지 클럽 도서관으로 데려가 꽂혀 있는 책 제목들을 보면서 헛기침을 하기 시작했다. 나야 책에서 눈을 떼지 않아서 모를 일이지만 헛기침을 하면서 나를 흘끔흘끔 바라보았을 수도 있다. 내가 알아듣지 못했거나 아니면 이제는 기억나지 않는 무슨 말인가를 그가 했고, 우리는 다시 자리에 앉았다. 그는 안락의자에, 나는 보통 의자에. 그리고 우리가 막 살펴보고 어루만지던 책들, 신학교를 갓 졸업한 청년의 싱싱한 손가락과 키가 큰 노인들이 흔히 그렇듯 도톰하며 벌써 약간 모양이 일그러진 손가락이 어루만지던 책들에 대해, 또 그 저자들에 대해 이야기를 나누었다. 페어웰의 목소리는 강과 산과 계곡과 산길 위로 날아가는 거대한 맹금의 목소리 같았고, 장갑을 낀 것처럼 자신의 생각에 찰싹 달라붙는 정확한 표현을 사용했다. 나는 작은 새처럼 천진난만하게 그에게, 문학 비평가가 되고 싶고, 그가 열어 놓은 길을 가고 싶고, 책을 읽은 감상을 큰 목소리로 멋들어지게 표현하는 것이 이 세상 제일가는 소망이라고 말했다. 그러자 페어웰은 미소를 지으며 내 어깨에 손을 얹고(손이 너무 무거워서 철제 장갑을 낀 것 같았다) 내 눈을 바라보며 그 길은 쉬운 길이 아니라고 말했다. 이 야만인들의 나라

---

1 농업 지대인 칠레 중부의 도시.
2 Joris-Karl Huysmans(1848~1907). 프랑스 작가, 미술 평론가. 초기에는 에밀 졸라의 자연주의에 동조하다가 후기에는 퇴폐적이고 유미적인 작품들을 발표했다. 본문에 언급된 작품들은 후기에 속한다.

에서 그 길은 장미꽃 길이 아닐세, 지주의 나라인 이 나라에서 문학은 별종이고 읽을 줄 안다는 것은 별 대단한 일이 아니라고. 내가 수줍어 아무런 대답을 못하자 그는 얼굴을 가까이 들이대며 언짢게 하거나 마음 상하게 한 것은 아닌지 물었다. 자네나 자네 아버지가 지주는 아니겠지? 아닙니다. 나는 지주라네. 치얀[1] 근처에 그리 나쁘지 않은 포도주를 생산하는 작은 포도주 농장을 가지고 있지. 이어서 페어웰은 그다음 주말에 위스망스[2]의 책 제목 중 하나와 같은 이름의 농장으로 나를 초대했다. 기억은 나지 않지만 〈아 르부르À rebours(거꾸로)〉나 〈라바Là-bas(저세상)〉 혹은 〈로블라L'oblat(수도자)〉였던 것 같다. 내 기억력이 예전 같지는 않지만 〈라바〉가 맞는 것 같다. 포도주도 같은 이름이리라. 페어웰은 나를 초대한 후 잠자코 푸른 눈으로 내 눈을 응시했다. 나 역시 잠자코 있었지만, 꼬치꼬치 캐묻는 듯한 그의 시선을 견딜 수 없어 상처 입은 작은 새처럼 다소곳이 눈을 내리깔았다. 나는 문학이 진정 장미꽃 길이고, 읽을 줄 안다는 것이 대단한 일이고, 취향이 현실적인 의무나 필요보다 존중되는 그런 농장을 상상했다. 이윽고 시선을 들자, 내 신학도의 눈이 페어웰의 매 눈과 마주쳤다. 나는 여러 차례 가겠다고 말하고, 칠레 제일의 문학 비평가 농장에서 주말을 보내게 되어 영광이라고 말했다. 약속한 날이 되었을 때 내 영혼은 혼란과 초조 그 자체여서 어떤 옷을 입어야 할지도 몰랐다. 사제복을 입어야 할지 세속의 옷을 입어야 할지, 세속의 옷을 입는다면 어떤 것을 골라 입을지, 또 사제복을 입으면 과연 어떤 대접을 받을지 하는 의문이 엄습했다. 어떤 책을 가져가 오가는 열차 안에서 읽을지도 정하지 못했다. 갈 때는 『이탈리아 역사』를, 돌아올 때는 페어웰의 『칠레 시 선집』을 읽을지, 그 반대로 할지. 라바 농장에서 어떤 작가들과 만나게 될지도 몰랐다(페어웰은 늘 농장에 작가들을 초대했다). 종교적 관심사가 담긴 훌륭한 소네트를 쓰는 시인 우리바레나나 짧은 산문을 멋들어지게 쓰는 스타일리스트 몬토야 에이사기레, 혹은 권위 있고 단호한 역사가인 발도메로 리사멘디 에라수리스를 만나게 될지도 모를 일이었다. 이 세 사람은 페어웰의 친구니까. 그러나 사실 페어웰은 친구도 적도 부지기수라 예측이 무의미했다. 약속한 날이 되었을 때 나는 번민하는 영혼처럼, 그래서 하느님이 나를 벌하려고 준비하셨을 그 어떤 쓰디쓴 술도 감수할 생각으로 역을 출발했다. 오늘처럼 생생하게(아니 오늘보다 더 생생하게) 칠레의 평원과, 철길 따라 풀을 뜯고 있던 검은색 점박이 소들이(때로는 흰색 점박이 소들도 있긴 했다) 떠오른다. 기차의 진동에 이따금씩 선잠에 빠져들었다. 눈을 감았다. 지금처럼 이렇게. 그러나 갑자기 눈을 다시 떴고, 때로는 마음을 들뜨게 하고 때로는 우울하게도 하는 다채롭고 풍요로운 풍경이 펼쳐졌다. 기차가 치얀에 도착해 택시를 탔더니 케르켄이라는 마을

3 〈키엔 *quién*〉은 스페인어로 〈누구야?〉라는 뜻이다.

에 내려 주었다. 인기척이라고는 전혀 없는, 케르켄의 주요 광장이라 할 만한(감히 중앙 광장이라고는 말하지 못하겠지만) 장소였다. 택시비를 내고 가방을 들고 내려 주위 풍경을 둘러보았다. 그리고 택시 기사에게 무언가 물어보려고 그랬는지 아니면 택시를 다시 집어 타고 치안으로 속히 되짚어가 산티아고로 돌아가려고 그랬는지 뒤로 돌아섰더니, 차가 갑자기 떠나 버렸다. 마치 그곳의 뭔가 불길한 고독이 기사에게 본능적인 두려움을 불러일으키기라도 한 것처럼. 잠시 나도 겁이 났다. 한 손에는 신학교 가방을, 또 한 손에는 페어웰의 선집을 움켜쥐고 덩그러니 서 있는 내 모습이 무척 처량했으리라. 새 몇 마리가 뒤편에 있는 나무 군락에서 날아올랐다. 그 버려진 마을 이름인 케르켄이라고 우짖는 것도 같고 〈키엔, 키엔, 키엔〉이라고 하는 듯도 했다.[3] 나는 겁에 젖어 기도를 드리고는 나무 벤치 쪽으로 가서 나다운 모습, 아니 그 당시에 나다운 모습이라고 믿던 모습을 되찾으려고 했다. 내가 성모 마리아여, 당신의 종을 저버리지 마소서 하고 웅얼거리는 동안 25센티미터쯤 되는 검은 새들이 키엔, 키엔, 키엔을 되뇌었다. 또, 루르드의 성모여, 당신의 가엾은 종을 저버리지 마소서 하고 웅얼거릴 때는 밤색 또는 밤색 비스름한 색깔에 가슴팍이 하얀 10센티미터가량의 새들이 키엔, 키엔, 키엔 하고 우짖었다. 그리고 고통의 성모여, 총명함의 성모여, 시의 성모여, 당신의 종을 광야에 버려두지 마소서 하고 웅얼거릴 때는 자홍, 검정, 진분홍, 노랑, 파랑의 아주 작은 새들이 키엔, 키엔, 키엔 하고 울어 댔고 동시에 한 줄기 찬바람이 건듯 일어 뼈가 시리도록 몸이 오싹해졌다. 그때, 흙길 저 멀리서 내가 서 있는 곳으로 무언가 다가오는 것이 보였다. 무개 이륜마차인지 유개 이륜마차인지 사륜마차인지 아무튼 밤색 말과 흑백 얼룩말이 이끄는 쌍두마차가 지평선 위로 뚜렷한 윤곽을 드러냈다. 마치 지옥행 승객을 태우러 오듯 섬뜩하다고밖에 할 수 없는 모습이었다. 마차가 불과 몇 미터 떨어진 곳에 당도했을 때, 추위에도 셔츠와 조끼만 달랑 걸친 농부 마부가 내게 우루티아 라크루아 씨냐고 물었다. 내 두 번째 성뿐만 아니라 첫 번째 성도 잘못 발음했다. 나는 그렇다고, 그가 찾는 사람이 나라고 말했다. 그러자 농부는 잠자코 마차에서 내려 내 가방을 뒤에 싣고 자기 옆자리에 올라타라고 권했다. 산자락에서 내려오는 얼음장 같은 바람에 얼어붙어 버린 나는 어째 신뢰가 가지 않아서 페어웰 씨 농장에서 왔는지 물었다. 아닌데요, 농부가 말했다. 라바 농장에서 온 것이 아니라고요? 이를 딱딱 부딪치며 내가 말했다. 라바 농장에서 오는 길이기는 한데 페어웰 씨는 모르는 분입니다. 하느님의 피조물인 그 영혼이 대답했다. 그제야 너무나 명백한 일을 깨달았다. 페어웰은 우리 비평가의 필명이었다. 나는 그의 이름을 기억해 내려 했다. 첫 번째 성이 곤살레스라는 것은 알았지만 두 번째 성이 생각나지 않았고, 곤살레스 씨 손님이라고만 간단히 말할

까 잠자코 있을까 잠시 망설였다. 그냥 잠자코 있기로 했다. 마부석에 몸을 기대고 눈을 감았다. 농부가 몸이 어디 불편하냐고 물었다. 그저 소곤거리는 정도라 이내 바람에 파묻힌 농부의 목소리가 들린 바로 그 순간 라마르카라는 페어웰의 두 번째 성을 기억해 낼 수 있었다. 나는 곤살레스 라마르카 씨의 손님이요라고 말하며 안도의 한숨을 내쉬었다. 주인님이 기다리고 계십니다, 농부가 말했다. 케르켄과 그곳의 새들을 뒤로 하자, 나는 승리감에 젖어 들었다. 페어웰은 이름도 모를 젊은 시인과 함께 라바 농장에서 나를 기다리고 있었다. 두 사람은, 도서관이나 박제실을 방불케 해서 그리 부르면 죄악이겠지만, 응접실에 있었다. 백과사전을 비롯한 사전류와 페어웰이 유럽과 북아프리카 여행에서 사들인 기념품들이 들어찬 많은 선반이 있었고, 그 외에도 적어도 한 다스는 되는 박제 동물 머리가 있었는데 그중에는 페어웰의 부친이 직접 사냥한 퓨마 머리 한 쌍도 있었다. 예상대로 그들은 시에 대해서 이야기하고 있었다. 내가 도착하자 대화를 중단하더니, 2층에 묵을 방을 잡자마자 하던 이야기를 바로 다시 했다. 대화에 끼고 싶은 마음이 굴뚝같았고, 대화에 끼라는 친절한 권유를 받았지만 나는 침묵을 택했다. 비평에 관심이 있지만 시도 쓰는 터라, 페어웰과 젊은 시인의 유쾌하고 시끌벅적한 토론에 끼어드는 것은 비바람 속에 항해하는 짝일 듯싶었다. 코냑을 마셨고 페어웰의 서가를 훑어보다가 나 자신이 아주 불행하다고 느낀 일이 기억난다. 페어웰은 이따금 지나치게 크게 웃었다. 그렇게 웃음을 터뜨릴 때마다 나는 그를 흘끔 쳐다보았고. 판이나 동굴 속의 바쿠스, 혹은 남미의 자기 요새에 틀어박혀 있는 미치광이 스페인 정복자 같다는 생각이 들었다. 반대로 젊은 시인은 철사, 그것도 바르르 떠는 철사 같은 가느다란 웃음의 소유자였고, 페어웰이 크게 웃으면 뱀을 뒤따라가는 잠자리처럼 따라 웃었다. 그러던 중 그날 저녁 식사에 초대한 사람들을 기다리고 있노라고 페어웰이 말했다. 나는 고개를 숙이고 손님들이 누굴까 귀를 쫑긋했지만 주인장은 나중에 놀라게 해줄 작정이었다. 나는 농장 정원을 산책하러 나갔다. 그러다 길을 잃었던 것 같다. 추웠다. 정원 너머에는 들판, 야생의 자연, 나를 부르는 듯한 나무 그림자들이 펼쳐져 있었다. 축축한 습기가 견딜 수 없을 지경이었다. 오두막인지 인부들 합숙소인지 불 켜진 창문이 있는 건물을 발견했다. 가까이 갔다. 남자들의 웃음소리와 한 여인이 항의하는 소리가 들렸다. 오두막 문은 반쯤 열려 있었다. 개 짖는 소리가 들렸다. 나는 문을 두드리고는 바로 들어갔다. 탁자 주위에 페어웰의 페온[4] 셋이 보였고, 장작 아궁이 옆에 있던 늙은 여인과 젊은 여인이 나를 보고는 다가와 거친 손으로 내 손을 잡았다. 신부님, 이렇게 이곳에 오시니 기쁩니다. 늙은 여인이 무릎을 꿇고 내 손을 입에 갖다 대면서 말했다. 겁도 나고 구역질도 났지만 내버려 두

---

4 peón. 주인에게 빚을 지고 노예처럼 얽매어 사는 일꾼.

었다. 남자들이 자리에서 일어났고, 한 사람이 앉으시죠, 신부님 하고 말했다. 나는 비로소 여행 중에 입은 사제복을 그냥 그대로 걸치고 있다는 걸 깨닫고 기절초풍할 지경이었다. 경황이 없다 보니 페어웰이 마련해 준 방에 올라가서 사제복을 벗은 줄로만 생각했다. 갈아입어야지 생각만 하고 그냥 내려와 박제실의 페어웰과 합류한 것이었다. 농부들의 합숙소에서도 저녁 식사 전에 옷 갈아입을 시간이 없을 텐데 하는 생각이 들었다. 또 생각했다. 페어웰이 내게 편견을 품고, 같이 있던 젊은 시인도 왜곡된 이미지를 간직하겠군. 그리고 마지막으로 뜻밖의 손님들을 생각했다. 그들은 틀림없이 중요한 사람들일 것이었다. 여행길의 먼지와 기차의 그을음과 라바 농장으로 이어진 오솔길의 꽃가루를 왕창 뒤집어쓴 사제복을 입고 멀찌감치 식탁 한 구석에서 풀이 죽어 눈을 내리깔고 식사를 할 내 모습이 눈에 선했다. 그때 앉으라고 권하는 농부 목소리가 다시 들렸다. 몽유병자처럼 자리에 앉았다. 그리고 신부님 이것 좀 드셔 보세요, 저것 좀 드셔 보세요 하는 여인의 목소리가 들렸고, 누군가가 아픈 아이 이야기를 했는데 말투 때문에 애가 아프다는 건지 벌써 죽었다는 건지 알아먹을 수가 없었다. 왜 나를 필요로 하는 걸까? 아이가 죽어 가고 있나? 차라리 의사나 부르지. 아이가 한참 전에 이미 죽은 건가? 그럼 성모님에게 9일 기도나 드리지. 무덤이나 정결하게 청소해 주든지. 온 데 다 자라고 있는 풀을 깎아 주고. 아이를 위해 기도나 계속 드리고. 제발 하느님, 제가 오만 데 다 있을 수는 없잖습니까. 못합니다. 아이가 세례를 받았습니까? 하고 말하는 내 목소리가 들렸다. 네, 신부님. 아, 그럼 됐네요. 빵 좀 드시겠어요, 신부님? 맛 좀 보겠습니다, 내가 말했다. 그들은 길쭉한 빵을 내놓았다. 농부들 빵이 그렇듯이 딱딱했고, 진흙 아궁이에 구운 것이었다. 빵을 한 조각 떼어 입으로 가져갔다. 문가에 늙다리 청년이 보이는 것 같았다. 하지만 그냥 신경이 곤두서서 그랬던 것뿐이다. 그때가 1950년대 후반이니 그 늙다리 청년은 대여섯 살에 불과할 때였다. 두려움도 위협도 박해도 아직 한참 후 일인 것이다. 빵이 괜찮으신가요, 신부님? 농부 하나가 말했다. 나는 빵을 혀끝에 대보았다. 훌륭하네요, 아주 맛있어요, 일품이에요, 입에 딱 맞네요, 신들의 성찬이에요, 조국의 맛깔스러운 산물이네요, 우리 부지런한 농부들의 훌륭한 먹을거리이죠, 맛있어요, 맛있어. 사실 빵은 그럭저럭 먹을 만했고, 나는 배가 고파서 배 속에 무언가 집어넣을 필요가 있었다. 그래서 농부들의 대접에 감사를 표하고 자리에서 일어나 성호를 그으면서 이 집에 신의 축복을 내려 달라고 말했다. 그리고 상쾌한 바람을 맞으며 그 집을 나섰다. 집에서 나올 때 또다시 개 짖는 소리가 들렸고, 나뭇가지들이 바람에 흔들려 야수가 수풀에 숨어 있다가, 페어웰의 집으로 더듬더듬

---

5 incunabula. 유럽에서 인쇄 기술이 발명된 1450년대부터 15세기 말까지의 초창기 인쇄본을 가리킨다.

향하는 내 발걸음을 주시하는 느낌이었다. 남반구의 어둠을 헤치는 대서양 횡단 여객선처럼 불을 환하게 밝힌 그의 저택을 금방 찾을 수 있었다. 저택에 도착했을 때는 아직 저녁 식사 전이었다. 나는 호기를 부려 보려고 사제복을 벗지 않았다. 잠시 응접실에서 얼쩡거리며 인큐내뷸러[5] 몇 권을 뒤적였다. 한쪽 벽에는 칠레 최고의 시집과 소설이 빼곡했는데, 다들 저자가 기발하고 상냥하고 다정하고 동료애 넘치는 헌사를 써서 페어웰에게 증정한 것이었다. 나의 주인장은 필시 가녀린 요트에서 대형 화물선에 이르기까지, 비릿한 낚싯배에서 어마어마한 장갑함에 이르기까지 조국의 모든 문학선(船)이 잠시 혹은 오랫동안 피신하는 강어귀라고 혼잣말을 했다. 우연히 그의 저택이 대서양 횡단 여객선처럼 느껴진 게 아니야! 진짜로 페어웰의 집은 항구야, 내가 그렇게 중얼거렸다. 이윽고 누군가 테라스를 거니는 듯 바스락거리는 소리가 들렸다. 호기심이 동하여 통유리 문을 열고 나갔다. 공기는 점점 싸늘해졌다. 테라스에는 아무도 없었지만, 일종의 나무 그늘 쉼터 쪽을 향해 가고 있는 관 모양의 길쭉한 형체를 발견할 수 있었다. 나무 그늘 쉼터는 페어웰이 작고 기묘한 청동 기마상 옆에 그리스식 유희 삼아 만든 것이었다. 반암 받침대 위의 기마상은 높이 40센티미터 정도의 크기로 나무 그늘 쉼터를 영영 박차고 나온 듯한 모습이었다. 구름 한 점 없는 하늘에 달이 휘영청 밝았다. 바람에 사제복이 흩날렸다. 나는 마음먹고 그림자가 숨어 버린 곳으로 다가갔다. 페어웰의 색다른 기마상 옆에서 그 사람을 보았다. 내게 등을 지고 있었다. 그는 코르덴 재킷을 입고 목도리를 두르고 좁은 챙이 뒤쪽으로 쏠린 모자를 쓰고 달에게 건네는 듯한 말을 진중하게 읊조리고 있었다. 나는 동상 그림자처럼 왼발을 반쯤 든 채 몸이 굳어 버렸다. 그는 네루다[6]였거든. 그다음에 무슨 일이 있었는지 잘 모르겠다. 그곳에 네루다가 있고, 몇 미터 뒤에 내가 있고, 그 사이에는 밤과 달과 기마상과 조국 칠레의 무명(無名)의 품격인 풀과 나무가 있었다. 그 늙다리 청년은 틀림없이 이런 경험담이 없으리라. 네루다를 알지 못했으니까. 그는 내가 방금 떠올린 네루다처럼 한 나라의 정수라 할 만한 위대한 문인을 아무도 알지 못했다고. 네루다를 보기 전후로 무슨 일이 있었는지 뭐가 중요하랴. 달을 향해, 대지의 사물을 향해, 본질은 몰라도 직관으로 알 수 있는 천체를 향해 시를 읊고 있던 네루다가 그곳에 있었는데. 바로 그곳에 내가 사제복을 입고 추위에 덜덜 떨며 있었다고. 그 순간에는 사제복 치수가 너무 큰 것 같아서 대성당 안에서 벌거벗고 눈만 멀뚱멀뚱하고 있는 기분이었지만. 그곳에서 네루다가 시구를 낭송하고 있었고, 뜻은 파악하지 못했어도 나는 처음부터 영적 교감을 느꼈다. 그곳에 내가 있었던 거야, 조국의

---

6 Pablo Neruda(1904~1973). 1971년 노벨 문학상을 받은 칠레의 민중 시인.

7 Luis de Góngora y Argote(1561~1627). 스페인 황금 세기를 대표하는 시인으로 난해한 시를 많이 썼다.

광활함에 파묻혀 버린 가련한 사제가 눈물을 글썽이며 우리 시인들 중 지존의 낭송을 감미롭게 즐기면서. 지금 팔꿈치에 몸을 의지하고 자문하건대, 그 늙다리 청년이 이런 순간을 경험하기나 했을까? 정말 진지하게 자문하는 거야. 평생 이런 순간을 경험해 보았을까? 나는 그 늙다리 청년의 책들을 읽었다. 남몰래 눈에 불을 켜고. 어쨌든 그의 책을 읽었다. 책에는 이와 유사한 순간은 결코 없었다. 방황, 거리의 싸움박질, 골목길의 끔찍한 죽음, 음탕함과 외설 등 시대의 요구에 부응한 성(性), 칠레가 아닌 일본의 어느 날 석양, 지옥과 혼돈, 지옥과 혼돈, 지옥과 혼돈 등은 있었지만. 내 가련한 기억력하고는. 내 가련한 명성하고는. 그다음에 저녁 식사를 했다. 잘 기억이 나지 않는다. 네루다와 부인. 페어웰과 젊은 시인. 나. 질문들. 왜 사제복을 입고 있냐고요? 나의 미소. 상큼했던. 옷 갈아입을 시간이 없었습니다. 네루다가 시 한 편을 낭송한다. 페어웰과 그는 공고라[7]의 대단히 어려운 시를 떠올린다. 젊은 시인은 알고 보니 네루다 추종자이다. 네루다가 다른 시를 낭송한다. 저녁 식사가 감칠맛이다. 칠레식 샐러드, 베어네이즈 소스를 곁들인 사냥한 고기, 페어웰이 바닷가에서 가져오게 한 붕장어 오븐 요리. 자기 농장 포도로 만든 포도주. 예찬들. 식사 후에도 밤이 이슥하도록 자리가 계속되고, 페어웰과 네루다의 부인은 시인을 매료시킨 초록색 축음기에 음반을 튼다. 탱고. 점잖지 못한 이야기들을 늘어놓는 점잖지 못한 노랫소리. 술이 올랐는지 나는 갑자기 몸이 안 좋았다. 내 기억에 나는 테라스로 나가 조금 전까지 우리 시인의 내밀한 대화자였던 달을 찾았다. 커다란 제라늄 화분에 몸을 기대고 구토가 나는 걸 참았다. 등 뒤에서 발걸음 소리가 들렸다. 뒤로 돌아섰다. 호메로스 같은 모습의 페어웰이 손을 허리춤에 대고 나를 쳐다보고 있다. 나는 필요 없다고, 그저 잠시 취기가 돈 것뿐이니 농촌의 맑은 공기로 해소될 거라고 말했다. 페어웰은 어둑한 곳에 있었지만 나는 그가 미소 짓는 것을 알았다. 탱고 가락과 애절하게 노래하는 감미로운 목소리가 나지막이 들렸다. 페어웰이 내게 네루다가 어땠는지 물었다. 어떻다니요, 최고의 시인이죠. 내가 답했다. 잠시 우리는 침묵을 지켰다. 페어웰이 두어 발자국 다가서는 바람에 달빛에 비친 그리스 신 같은 그의 늙은 얼굴이 보였다. 내 얼굴이 후끈 달아올랐다. 페어웰이 내 허리를 잠시 잡았다. 이탈리아 시인들의 밤, 야코포네[8]의 밤, 고행자들의 밤에 대해서 이야기했다. 자네 이탈리아 시인들의 작품을 읽어 보았나? 나는 말을 더듬으며 대답했다. 신학교 시절 자코미노, 피에트로 그리고 본베

---

8 Jacopone da Todi. 13세기 이탈리아의 종교 시인.

9 Sordello da Goito. 이탈리아 태생의 13세기 음유 시인. 주로 프로방스에서 활동했다. 단테는 이 소르델로를 『신곡』의 「연옥편」에서 주인공 단테와 시인 베르길리우스를 연옥의 산으로 안내하는 인물로 삼았다.

10 Blacatz(1165~1237). 프로방스의 봉건 영주이자 음유 시인. 소르델로는 그의 죽음을 기리는 「비가」를 썼는데, 당대의 권력자들을 초대해 블라카츠의 심장을 나눠 먹음으로써 그의 용기 일부분을 얻으라는 내용이었다.

신의 시를 언뜻 본 적이 있노라고. 그러자 페어웰의 손이 곡괭이에 두 동강 난 애벌레처럼 꿈틀거리면서 허리에서 철수했다. 미소는 얼굴에서 철수하지 않았지만. 그럼 소르델로[9]는? 무슨 소르델로 말씀이신가요? 음유 시인 말일세. 소르델 혹은 소르델로라고 부르는. 읽어 보지 못했습니다. 달을 보시게나, 페어웰이 말했다. 나는 달을 쳐다보았다. 아니, 그렇게 말고. 뒤돌아서 쳐다보게. 나는 뒤로 돌아섰다. 등 뒤에서 페어웰이 읊조리는 목소리가 들렸다. 소르델로, 어느 소르델로냐고? 베로나와 트레비소에서 각각 리카르도와 에첼리노와 술을 마신 소르델로, 어느 소르델로냐고?, (그때 페어웰의 손이 다시 내 허리를 누르는 거야!) 레몽 베랑제와 앙주의 샤를 1세와 말을 달리던 이. 소르델로, 그는 겁이 없었다네, 없었다네, 없었다네. 나는 차라리 계속 달을 바라보고 있었지만 겁이 났던 기억이 난다. 엉덩이에 갖다 댄 페어웰의 손 때문에 겁에 질린 건 아니지만. 그의 손도, 산에서 불어 내려오는 바람보다 더 빨리 움직이는 달이 뜬 밤도, 점잖지 못한 탱고를 연이어 흘리는 축음기도, 네루다와 그의 부인과 애제자의 목소리도 겁나지 않았다. 다른 것 때문이었는데, 그 순간 나는 도대체 무엇 때문인가요, 카르멘 성모여? 하고 스스로에게 물었다. 소르델로, 어느 소르델로냐고? 등 뒤에서 페어웰이 낭랑하게 반복했다. 단테가 노래한 소르델로, 파운드가 노래한 소르델로, 「명예에 대한 교훈」을 쓴 소르델로, 블라카츠[10]의 죽음을 애도한 「비가」를 쓴 소르델로. 그때 페어웰의 손이 밑으로 내려와 엉덩짝으로 향하고, 프로방스 뚜쟁이 같은 산들바람이 테라스로 들어와 내 검정 사제복을 들췄다. 나는 생각했다. 두 번째가, 아!, 지나갔군. 곧 세 번째가 닥칠 거야. 나는 또 생각했다. 내가 바닷가 모래사장에 서서 바다에서 야수가 출현하는 것을 보고 있다고. 또 생각했다. 일곱 개의 잔을 든 일곱 천사 중 하나가 말을 건넸다고. 또 생각했다. 그들의 죄가 쌓이고 쌓여 하늘에 닿고, 하느님이 그 악행을 기억하시고 있다고. 바로 그때 내 뒤에 있는 페어웰처럼 그의 뒤에 있던 네루다의 목소리가 들렸다. 우리의 시인은 그에게 어떤 소르델로와 블라카츠에 대해서 이야기하는 중이냐고 물었고, 페어웰은 네루다 쪽으로, 나는 페어웰 쪽으로 뒤돌아섰고, 두세 개 무게의 도서관을 짊어진 페어웰의 등만 내게 보였다. 소르델로, 어느 소르델로냐고?라고 말하는 그의 목소리가 들리고, 그게 바로 내가 알고 싶은 건데라고 말하는 네루다의 목소리가 들렸다. 모르겠나, 파블로?, 페어웰이 말하고, 이런 참 모르겠는데, 네루다가 말하고, 페어웰은 웃으면서 나를 쳐다보았는데, 그 눈초리가 공범이라도 되는 듯 상쾌해서 마치 자네가 정말 원한다면 시인이 되게나, 하지만 문학 비평을 쓰고, 읽고, 파헤치고, 읽고, 파헤치게나 하고 말하는 듯했다. 말해 줄 거요 아니요?, 네루

11 Rubén Darío(1867~1916). 니카라과의 시인. 라틴 아메리카 현대 시의 선구자로 평가된다.

다가 말하고, 『신곡』 몇 구절을 페어웰이 입에 올리고, 네루다도 다른 구절을 읊었는데 소르델로와는 아무런 상관이 없었다. 그러면 블라카츠는? 그는 식인 풍습으로의 초대이지, 블라카츠의 심장이야말로 우리 모두가 음미해 봐야 하니까. 이윽고 네루다와 페어웰이 얼싸안고 루벤 다리오[11]의 시 몇 수를 듀엣으로 낭송하는 동안, 네루다의 젊은 추종자와 나는 그 시인이 우리나라 최고의 시인이고 페어웰은 우리나라 최고의 비평가라고 단언하면서 연거푸 축배를 들었다. 소르델로, 어느 소르델로냐고? 소르델, 소르델로, 어느 소르델로냐고? 주말 내내 그 가락이 가는 곳마다 경쾌하고 발랄하고 기묘하게 쫓아다녔다. 라바 농장에서의 첫날 밤 나는 어린 천사처럼 잠을 잤다. 둘째 날 밤에는 『13~15세기 이탈리아 문학사』를 늦게까지 읽었다. 일요일 아침에 차 두 대로 더 많은 손님들이 나타났다. 다들 네루다와 페어웰은 물론 네루다의 젊은 추종자를 알고 있었다. 나만 낯선 사람이라 남들이 반갑게 인사를 나누는 틈을 타 책 한 권을 들고 저택 본채 왼편에 솟아 있는 숲으로 사라졌다. 숲 반대편 가장자리에는 언덕배기 같은 곳이 있어서 페어웰의 포도밭과 휴경지, 또한 밀과 보리가 자라는 땅이 보였다. 구불구불한 목장 길에 밀짚모자를 쓴 두 농부가 보이더니만 수양버들 아래로 사라졌다. 수양버들 저 너머에는 구름 한 점 없는 푸른 하늘에 구멍을 뚫은 듯한 높다란 나무들이 있었다. 그 너머로는 커다란 산들의 자태가 아직 뚜렷했다. 나는 주기도문을 외웠다. 눈을 감고서. 뭘 더 바랐겠는가. 강물 소리 정도나 바랐을까. 자갈 위를 흐르는 맑은 물의 노랫소리를. 다시 숲 속 길을 걸을 때 아직도 귓가에 소르델, 소르델로, 어느 소르델로냐고? 하고 울렸지만, 숲 속 무언가가 그 신명 나는 음악적 회상을 어지럽혔다. 나는 숲에서 엉뚱한 곳으로 나왔다. 저택 본채 앞이 아니라 하느님에게 버림받은 듯한 경작지 앞이었다. 보이지도 않는 개들이 짖는 소리가 들렸지만 놀라지는 않았다. 아보카도 나무가 몇 그루 있고, 그 그늘 아래로 아르침볼도[12]의 그림에 어울리는 온갖 과일과 채소가 자라고 있는 땅을 지나가다가 아담과 이브처럼 벌거벗고 밭고랑을 따라 일에 열중해 있는 소년과 소녀를 보았다. 소년이 나를 쳐다보았다. 콧물 한 줄기가 코에서 덜렁거리며 가슴께까지 내려와 있었다. 얼른 시선을 돌렸지만 격한 구역질을 참을 수 없었다. 나락으로 떨어지는 느낌이었다. 배 속의 나락, 위와 창자의 나락으로. 겨우 구역질을 멈추었을 때 소년, 소녀는 사라지고 없었다. 그다음에는 닭장 같은 것이 나타났다. 아직 해가 중천에 떠 있는데도 암탉들이 죄다 더러운 횃대 위에서 자고 있었다. 개 짖는 소리가 다시 들리고, 제법 큰 덩치의 무언가가 급히 나뭇가지 사이로 몸을 숨기는 소리가 들렸다. 바람 소리거니 했

---

12 Giuseppe Arcimboldo(1527~1593). 16세기 이탈리아 화가. 과일, 채소, 동물, 책 등의 사물과 인물 초상을 결합한 기괴한 그림을 그렸다.

13 전나무와 유사한 침엽수로 곧고 높게 자란다.

다. 닭장을 지나치니 외양간과 돼지우리가 있어서 빙 둘러 갔더니 그 반대편에 아라우카리아[13]가 우뚝 서 있었다. 그렇게 고귀하고 아름다운 나무가 이런 곳에서 무엇을 하고 있을까? 하느님의 은총이 이런 곳에도 아라우카리아를 두신 거야, 속으로 말했다. 아라우카리아에 기대어 숨을 들이마셨다. 그렇게 잠시 있는데 아주 멀리서 사람들 소리가 들렸다. 틀림없이 페어웰과 네루다와 그들의 친구들이 나를 찾는 소리거니 싶어 앞으로 나아갔다. 흙탕물이 흐르는 수로를 건넜다. 쐐기풀을 비롯한 온갖 잡초가 보이고, 아무렇게나 쌓여 있는 듯하지만 분명 인간의 의지가 개입된 궤적을 그리고 있는 돌무더기가 보였다. 누가 저렇게 돌을 쌓아 놓았을까?, 스스로에게 물었다. 일몰 직전 광야의 광막한 적막 속에서 닳아 빠진 양털 스웨터, 그것도 자신에게 엄청나게 큰 스웨터를 입고 이리저리 움직이며 생각에 잠긴 한 소년이 떠올랐다. 쥐가 떠올랐다. 멧돼지가 떠올랐다. 인적이 닿지 않은 작은 계곡에 죽어 있는 여우가 떠올랐다. 그러한 절대 고독에 대한 확신이 계속되었다. 수로 너머 나무 사이에 삼으로 땋은 줄이 걸려 있고 금방 빨래한 옷이 보였는데, 바람에 나부끼며 주변에 싸구려 비누 냄새를 퍼뜨리고 있었다. 침대 시트와 셔츠들을 헤치고 보니 30미터쯤 떨어진 곳에서 어정쩡한 원을 그리고 서서 손으로 얼굴을 가리고 있는 두 명의 여인과 세 명의 남자가 있었다. 그런 동작을 하고 있었다. 불가능할 것 같은데 바로 그런 동작을 하고 있었다. 얼굴을 가리고들 있었다고! 비록 그런 동작은 오래가지 않았고 나를 본 세 명이 내 쪽으로 발길을 옮겼지만, 그 광경은 (그리고 그 광경에 함축된 모든 것은) 아무리 짧았던 순간이라 하나 내 정신적, 육체적 평온함을 뒤흔들었다. 바로 직전에 자연의 관조가 내게 안겨 준 행복한 평온함을. 뒷걸음질을 친 기억이 난다. 침대 시트에 몸이 감겨 버렸다. 두어 번 손을 내저었다. 농부 한 사람이 내 손목을 꽉 잡아 주지 않았으면 뒤로 자빠졌으리라. 나는 어정쩡한 표정으로 감사를 표했다. 그랬던 것이 기억에 남아 있다. 수줍은 내 미소, 수줍은 내 치아, 들판의 정적을 깨고 감사를 드리는 내 목소리. 두 여인은 괜찮은지 물었다. 괜찮으세요, 신부님? 나를 알아보다니 경이로웠다. 나는 첫날에 여인 두 사람만 보았을 뿐인데 그녀들이 아니었기 때문이다. 그렇다고 사제복을 입고 있지도 않았다. 하지만 소문은 날개 돋친 듯 퍼져 나가는 법이다. 이 여인들은 라바 농장이 아닌 이웃 농장에서 일하는데 내가 와 있는 것을 알고 있었고, 심지어 미사를 기대하며 페어웰의 농장으로 왔을 수도 있었다. 그의 농장에는 예배당이 있기 때문에 별 어려움 없이 할 수 있는 일이었으나 페어웰은 그럴 생각이 없었다. 물론 (진짜 그런 것 같지는 않지만) 무신론자라고 자랑하는 네루다가 주빈이라는 점이 큰 이유이고, 나도 전적으로 동의하는 바이지만, 종교가 아닌 문학을 구실로 주말에 모였기 때문이었다. 하지만 그 여인들은 분명히 나를 보려고 목장 길을 걸어, 엄청 좁은 오솔길을 걸어, 농경지를 빙 돌아왔다. 그리고 그곳에 내가 있었던 것이다. 그녀들은 나를 보고 나는 그녀들을 보았다. 내가 무엇을 보았냐고? 다크서클. 갈라진 입술. 빛나는 광대뼈. 기독교인의 체념과는 다른 인내심. 다른 차원의 인내심. 칠레 여인들이기는 하지만 칠레적이지 않은 인내심. 우리나라에서도 아메리카에서도 잉태된 적이 없는 인내심이요, 유럽의 것도 아시아의 것도 아프리카의 것도 아닌 인내심(비록 나는 아시아와 아프리카의 문화에는 사실상 문외한이지만). 외계에서 비롯된 것 같은 인내심. 그리고 그 인내심이 나의 인내심을 거의 바닥내려는 참이었다. 그녀들의 말, 그녀들의 속삭임이 들판으로, 바람에 흔들리는 나무와 풀과 열매 사이로 퍼져 나갔다. 나는 점점 조바심이 나는데. 저택 본채에서 나를 기다리고들 있고, 페어웰이든 다른 사람이든 누군가는 내 모습이 안 보인 지 오래인 이유를 물어볼 텐데. 여인들은 미소만 짓거나 무덤덤한 표정을 짓거나 부러 놀란 표정들을 지을 뿐이었다. 무표정하던 얼굴들은 처음에는 미스터리였다가 이제는 환해졌고, 안면이 수축되면서 침묵 속의 질문을 하거나 안면이 팽창하면서 말없이 탄성을 질렀다. 그러는 동안 뒤에 처져 있던 두 사내는 계속 가던 길을 갔고. 하지만 똑바로 산으로 간 건 아니고 서로 이야기를 나누면서, 가끔씩은 막연히 벌판 어딘가를 가리키면서 지그재그로 나아갔다. 마치 큰 목소리로 자연을 논할 만한 독특한 감상(感想)을 받은 것처럼. 여인들과 함께 내 쪽으로 온 사내, 손아귀로 내 손목을 잡은 그 사내는 여인들과 내게서 4미터쯤 떨어져 가만히 서 있었지만, 고개를 돌려 동료들의 행로를 눈으로 좇고 있었다. 다른 사내들의 행동거지가 별안간 정말로 끌린다는 듯 무엇 하나 놓치지 않으려고 실눈을 뜨고, 그의 얼굴을 응시한 기억이 난다. 마지막 한 방울까지 그의 얼굴을 들이마시면서 그런 작자의 성격과 심리를 꿰뚫어 보려 한 기억이. 하지만 내 머리에 유일하게 남은 그의 기억은 추한 용모였다. 못생기고 목이 극단적으로 짧았다. 사실 다들 추했다. 여인들도 추하고 말은 두서없었다. 가만히 있는 농부는 추하고 두서없이 멈춰 있었다. 멀어져 가는 농부들은 추하고 두서없이 별나게 지그재그로 갔다. 주여 저를 용서하시고 그들을 용서하소서. 사막에서 길을 잃은 영혼들입니다. 나는 돌아서서 길을 갔다. 그들에게 미소를 짓고, 뭔가 이야기하고, 라바 농장 저택에 어떻게 가는지 묻고, 길을 갔다. 한 여인이 나를 데려다 주려고 했다. 내가 거절했다. 여인은 고집을 피웠다. 제가 호위해 드리죠, 신부님. 그런 입술에서 호위하다라는 동사가 나오니 온몸을 들썩일 정도로 웃음이 났다. 나를 호위하겠다고요? 내가 물었다. 제가 직접요. 그녀가 말했다. 아니 저가 직접요, 라고 했던가. 그도 아니면, 1950년대 후반의 바람이 나의 기억 같지도 않은 기억 속의 끝없는 미로를 따라 밀

14 *conga*. 아프리카 기원의 쿠바 춤. 흑인 노예들이 족쇄에 묶여 추

어붙이는 그 어떤 말이었던지. 어쨌든 나는 웃음이 나서 전율했다, 웃음의 전율을 느낀 것이다. 내가 말했다. 필요 없습니다, 이제 됐어요, 오늘은 충분합니다. 나는 뒤로 돌아 팔을 내저으며 성큼성큼 걸었다. 널어 놓은 빨래의 경계선을 넘자마자 미소는 적나라한 웃음으로 변하고, 걸음걸이는 전쟁의 가벼운 추억이 깃든 빠른 걸음으로 변했다. 라바 농장 정원에서는 페어웰의 손님들이 품격 높은 덩굴시렁 옆에서 네루다의 시 낭송을 듣고 있었다. 나는 조용히 네루다의 젊은 추종자 옆에 자리했다. 그는 심드렁한 기색이면서도 무아지경으로 담배를 피우고 있었고, 위대한 시인의 말은 대지의 다채로운 땅거죽을 긁고, 덩굴시렁 가로대까지, 아니 가로대를 넘어, 저마다 독자적으로 조국의 쾌청한 하늘을 주유하고 있는 보들레르의 구름들에게까지 울려 퍼졌다. 오후 6시에 나는 라바 농장 첫 방문을 마치고 출발했다. 한 손님의 차가 산티아고로 되돌아가는 열차 편 시간에 맞춰 치얀까지 데려다 주었다. 나의 문단 세례식이 끝난 것이다. 종종 서로 모순되는 영상, 얼마나 많은 영상이 훗날 나의 사색과 불면의 밤에 자리하게 되었는지! 검고 선명한 페어웰의 실루엣, 엄청 커다란 문 경첩에 잘려 나간 그의 실루엣이 종종 보였다. 양손을 주머니에 넣고 시간의 흐름을 고즈넉이 관찰하는 것 같았다. 또한 클럽 안락의자에 다리를 꼬고 앉아 문학의 불멸성을 논하는 페어웰도 보였다. 아, 문학의 불멸성. 또, 콩가[14]를 추듯 허리를 안고 있는 군상들이, 벽마다 그림이 잔뜩 걸린 홀을 이리저리 폭넓게 오가는 모습이 보이기도 했다. 춤을 추시죠, 신부님, 얼굴을 알아볼 수 없는 누군가가 내게 말했다. 안 됩니다, 내가 대답했다, 서원에 위배됩니다. 나는 한 손에는 전례력(典禮曆)을 들고, 또 한 손으로는 서평 구상을 끄적거렸다. 책 제목은 『시간의 흐름』이었다. 시간의 흐름, 시간의 흐름, 세월의 삐걱거림, 소망의 낭떠러지, 생존 열망 외의 모든 열망이 스러지는 죽음의 협곡. 뱀처럼 이어진 콩가 행렬이 질서정연하게 내가 있는 구석으로 다가와 왼발, 오른발, 왼발, 오른발, 일사불란하게 발을 들어 올렸고, 그중에 페어웰이 눈에 띄었다. 당대 최상류층의 어느 부인, 불행히도 이름은 기억나지 않지만, 바스크 성씨의 부인 허리를 안고 있었고, 그의 허리는 당장이라도 쓰러질 듯한 노인, 시체나 다름없지만 미소를 흩뿌리면서 누구보다도 콩가를 즐기는 듯한 노인의 손에 잡혀 있었다. 때로는 나의 유년기와 청소년기 시절의 영상들이 되살아나서, 족제비나 염탐꾼, 아니 더 정확히 말하자면, 별로 적합하지 않은 용기(容器)에 갇혀 있는 뱀장어처럼 집 복도를 스르르 다니던 아버지의 그림자도 보였다. 한 목소리가 말했다, 대화는 일체 금지되어 있다고. 가끔씩 나는 그 목소리의 정체에 대해 스스로에게 묻곤 했다. 천사의

던 춤에서 유래되었다고 한다. 축제 때는 길게 줄을 지어 콩가를 추면서 거리를 행진한다.

  15 Mandrágora. 1938년에 결성된 칠레의 초현실주의 시인 그룹.

목소리였을까? 내 수호천사의 목소리? 악마의 목소리였을까? 얼마 안 가 그것은 나 자신의 목소리, 강철 신경들의 조타수처럼 나의 꿈을 인도하는 내 초자아의 목소리, 불타는 도로를 달리는 냉동 트럭을 운전하는 나 위의 나라는 사실을 알아차렸다. 그동안 이드는 미케네어인 듯한 은어로 신음하며 말하고 있었다. 나의 에고는 물론 잠들어 버렸고. 나의 에고는 자다가 일하다가 했다. 그 무렵 나는 가톨릭 대학에서 일하기 시작했다. 최초의 시들을 발표하기 시작했고, 그다음에는 산티아고의 문학적 삶에 대한 기록인 비평들을 모은 책들도 처음으로 출간하기 시작했다. 나는 팔꿈치에 몸을 의지하고 목을 뺀 채 옛일을 기억하는 중이다. 자기 세대에서 가장 빛난 엔리케 린, 자코네, 우리베 아르세, 호르헤 테이예르, 에프라인 바르케로, 델리아 도밍게스, 카를로스 데 로카 등 황금 청춘들. 니카노르 파라의 영향 아래 있거나, 그의 가르침에 경도된 소수의 문인 외에는 이들 모두가 혹은 거의 모두가 네루다의 영향을 받았다. 로사멜 델 바예도 기억난다. 물론 그를 만난 적이 있다. 나는 로사멜, 디아스 카사누에바, 브라울리오 아레나스 및 그의 만드라고라[15] 동료들, 테이예르와 비가 많이 내리는 남부 출신의 젊은 시인들, 도노소와 에드와르즈와 라푸르카데 같은 1950세대 소설가들 모두에 대한 비평을 썼다. 다들 좋은 사람들이고 빛나는 작가들이다. 곤살로 로하스와 앙기타에 대해서도 비평을 썼다. 마누엘 로하스에 대해서도 쓰고, 후안 에마르와 마리아 루이사 봄발과 마르타 브루넷에 대해서도 논했다. 블레스트 가나, 아우구스토 달마르, 살바도르 레예스의 작품 연구와 해설도 썼다.[16] 그리고 나는 결정을 내렸다. 아니 어쩌면 그 전에 결정을 이미 내렸을 것이다. 지금 이 순간 내게는 모든 일이 희미하고 혼란스럽지만, 아마도 그 전에 비평을 위해서는 필명을 하나 만들고, 시 창작에는 본명을 써야 한다는 결정을 내린 것 같다. 그래서 나는 H. 이바카체라는 필명을 사용했다. 필명은 놀랍게도, 또 만족스럽게도, 본명인 세바스티안 우루티아 라크루아보다 점점 더 유명해졌다. 우루티아 라크루아가 칠레에서는 더 이상 아무도 사용하지 않는 운율, 도대체 내가 뭔 소리 하고 있는지!, 칠레에서 아무도 사용해 본 적이 없는 운율로 미래를 위한 시집, 세월이 흐른 뒤에야 수정처럼 빛날 야심 찬 정전(正典)을 구상하는 반면, 이바카체는 페어웰처럼 우리 문학을 명쾌하게 밝히려는 노력, 이성적인 노력, 문명화 노력, 마치 죽음의 해안가를 밝히는 겸허한 등대처럼 조신하고 화합적인 어조가 담긴 노력을 기울이며 자신의 분석을 큰 목소리로 읽고 설명해 주었기 때문이다. 그 순수함, 이바카체의 잔잔한 어조로 치장된 그 순수함은 한 구절 한 구절 생성 중인 우루티아 라크루아의 작품, 이바카체의 분신이 지닌 금강석 같은 순수함으로 쓰이고 있는 작품을 어떠한 전략보다도 훨씬 더 강력하게 조명할 수 있을 것

---

16 이상 언급된 작가들은 모두 칠레의 실존 작가들이다.

이다. 잔잔한 어조라고 무시할 수 없는 이유는, 그가 쓴 글의 행간을 읽든 전체를 보든 이바카체는 명쾌함과 합리성 즉 시민적 가치의 측면에서 생생한 표본이었기 때문이다. 순수함에 관해서는, 어느 날 오후 살바도르 레예스 선생이 당신 집에서 페어웰을 비롯한 대여섯 명의 손님과 자리를 함께 하면서 유럽에서 알게 된 가장 순수한 사람은 독일 작가 에른스트 윙어라고 말했다. 틀림없이 그 이야기를 이미 알고 있었을 페어웰은 내가 살바도르 선생의 입으로 직접 들을 수 있도록 어떤 상황에서 어떻게 윙어를 알게 되었는지 이야기해 달라고 요청했다. 살바도르 선생은 금테를 두른 안락의자에 앉아서 그 일은 아주 오래전 제2차 세계대전 중 파리에서 칠레 대사관에 근무할 때의 일이라고 했다. 지금 나로서는 잘 기억이 나지 않는데, 살바도르 선생은 칠레 대사관 혹은 독일 대사관 혹은 이탈리아 대사관에서 열린 파티에 대해, 또 당신에게 저명한 독일 작가에게 소개해 줄까 물어본 절세미인에 대해 말했다. 그 무렵 살바도르 선생은 50세 이전이었을 것이다. 즉 지금의 나보다 상당히 젊고 원기왕성했을 살바도르 선생은, 네, 좋고말고요, 소개만 해주세요 조반나, 하고 말했다. 작가이자 외교관인 선생을 정말 좋아하던 공작 부인인지 백작 부인인지 하는 그 이탈리아 여인은, 살롱 문을 열면 또 다른 살롱이 나타나서 신비주의적인 장미 같은 살롱 여러 개를 지나 맨 마지막 살롱으로 선생님을 인도했다. 그곳에는 독일군 장교들과 민간인 여럿이 있었는데, 단연 관심을 끈 인물은 제1차 세계 대전의 영웅이자 『강철 소나기』, 『아프리카의 유희』, 『대리석 절벽 위에서』, 『헬리오폴리스』의 저자인 윙어 대위였다. 이탈리아 공주는 위대한 독일 문인의 금언을 잠시 듣고 난 후 살바도르 선생을 소개했고, 그들은 물론 프랑스어로 의견을 나누고, 윙어는 친근감이 들어 우리의 문인에게 프랑스어로 된 당신 작품을 구할 수 있는지 묻고, 선생은 물론이라고, 프랑스어로 번역된 작품이 한 권 있노라고 얼른 대답하면서 읽고 싶으시면 아주 기꺼이 선물하겠노라고 하고, 윙어는 만족하는 미소로 화답하고, 두 사람은 명함을 교환하고, 윙어가 미리 잡은 약속마저 어쩔 수 없이 모조리 바꿔야 하는 불가피한 일들이 매일 일어나는 데다가 거절하기 힘든 약속들로 일정이 꽉 차서 저녁이든 점심이든 아침이든 되는대로 같이 하기로, 적어도 온세[17]를 위한 적당한 날을 잡았다. 칠레식 온세 말이야, 윙어가 칠레의 좋은 점을 알 수 있도록, 이곳 우리나라가 아직도 머리에 깃털을 꽂고 다니는 나라라고 생각하지 않도록 말이야, 살바도르 선생이 우리에게 말했다. 그리고 난 후 선생은 윙어와 작별인사를 하고 이탈리아 백작 부인인지 공작 부인인지 공주인지와 함

---

17 *once*. 스페인어로 숫자 〈11〉을 뜻하고, 칠레에서는 원래 11시에 먹는 간식을 이렇게 부르기도 했다. 하지만 현재는 몇 시에 먹든 상관없이 간식이나 티타임을 뜻하는 말로 사용하고 있다.

18 〈살바도르〉라는 이름의 뜻이 〈구세주〉이고, 〈감사〉를 뜻하는 스페인어 〈*gracias*〉는 〈은총〉이라는 뜻도 지니고 있다.

께 쭉 연결된 신비주의적 장미 같은 살롱들, 다른 신비주의적 장미를 향해 꽃잎을 벌리고, 그 신비주의적 장미는 또 다른 신비주의적 장미를 향해 꽃잎을 벌리고, 이렇게 시간의 종말까지 지속될 그런 살롱들을 또다시 지나오면서 이탈리아어로 단테와 단테의 여인들에 대해서 이야기를 나누었다. 하지만 이 경우에는, 즉 대화의 주제로는 단눈치오와 그의 창녀들에 대해 이야기했더라도 마찬가지였을 것이다. 며칠 후 살바도르 선생은 어느 과테말라 화가의 다락방에서 윙어와 만났다는군. 그 화가는 파리가 점령되었을 때 피난을 가지 못해서, 살바도르 선생이 가끔 방문하던 이였다. 선생은 그를 찾아갈 때마다 빵과 파테, 보르도 포도주 작은 병, 갈색 포장지에 싼 스파게티 1킬로그램, 차와 설탕, 쌀과 식용유와 담배 등 대사관 부엌이나 암시장에서 찾아낸 갖가지 일용품을 가져다주었는데, 이 과테말라 화가는 우리 작가의 은혜를 입고도 결코 감사를 표하지 않았다는군. 살바도르 선생이 철갑상어 알 통조림과 자두 잼과 샴페인을 들고 나타나도 결코. 구세주 혹은 신의 은총인 살바도르 선생,[18] 즉 우리 칠레의 저명한 외교관은 한번은 다른 사람에게 선사할 작정이던 소설을 지니고 방문한 적도 있었다. 원래 선물 받을 사람이 기혼녀이기 때문에 이름은 밝히지 않는 게 좋겠지만. 그런데 과테말라 화가가 너무 풀이 죽어 있는 것을 보고는 그에게 소설을 선물했든지 빌려 줬든지 한 모양이었다. 한 달 뒤 다시 그를 찾아갔을 때 그 소설,

선생의 그 소설은 탁자인지 의자인지 처음 둔 장소에 그대로 있었다. 선생이 화가에게 책이 마음에 들지 않았는지, 아니면 반대로 책 속에서 편안한 휴식을 발견했는지 물었더니만, 그는, 늘 그런 식이었을 테지만, 읽어 보지 않았다고 마지못해 무뚝뚝하게 대답했고, 선생은 그런 상황에 처할 때의 작가들처럼(적어도 칠레와 아르헨티나 작가들처럼) 낙담하여 대답했다. 그러니까 마음에 들지 않은 거군요. 과테말라인이 대답했다. 마음에 들고 자시고 할 게 없다고, 그냥 읽지 않았을 뿐이라고 말이다. 그래서 살바도르 선생이 소설책을 집어 들었더니 한 번도 펼치지 않은 책에(실은 모든 물건에!) 쌓인 먼지 층을 표지에서 발견했고, 그 순간 과테말라인이 진실을 말했음을 알게 되어 그 일을 괘념치 않았다. 다시 다락방을 찾기까지 적어도 두어 달 걸리기는 했지만. 선생이 다시 그곳을 찾았을 때, 화가는 유례없이 말라 있었다. 마치 그 두 달 동안 요기조차 하지 않은 사람처럼, 마치 창문을 통해 파리 시가지를 바라보다가 죽기로 작정한 사람처럼. 그 시절에는 몇몇 전문의들이 이를 우울증이라 불렀지만, 오늘날에는 거식증이라고 부른다. 주로 젊은 여자들, 번득이는 바람이 산티아고의 비현실적인 거리에 풀어놓는 영계들이 앓는 병 말이다. 하지만 그 시절, 게르만인들의 처분에 맡겨진 그 도시에서는 어두침침하고 경사진 다락방에 살던 과테말라 화가들이 앓던 병이고, 거식증이라는 이름 대신 모르부스 멜란콜리쿠스라는 병명의 우울증으로 통했으며, 심약한 사람을 엄습하던 병이었다. 그때 살바도르 레예스 선생이나 페어웰이, 하지만 페어웰이라면 더 한참 뒤의 일일 텐데, 이 병에 딱 들어맞는 이야기를 하는 로버트 버턴의 『우울증의 해부』라는 책을 환기시켰고, 아마 그 순간 거기 모인 우리 모두가 하던 이야기를 멈추고 그 우울증 증세에 굴복한 이들을 위해 1분간 침묵을 지킨 것 같다. 오늘날 나를 갉아먹고, 무기력하게 만들고, 늙다리 청년의 말을 들을 때마다 눈물을 글썽이게 만드는 우울증이기도 하다. 우리가 침묵에 빠져들자, 마치 우연과의 긴밀한 협력하에 그림을 구상하고 있는 듯했다. 무성 영화의 한 장면 같은 그림, 백색의 화면, 시험관과 증류기들, 그리고 불타 버린, 불타 버린, 불타 버린 필름. 그러자 살바도르 선생이, 우울함을 무한에 대한 갈망 ─ 젠주흐트Sehnsucht ─ 이라고 말한 (페어웰에 따르면 선생이 한 번도 읽은 적이 없는) 셸링에 관해 말하고, 시상(視床)과 전두엽 대뇌 피질을 잇는 환자의 신경 섬유를 도려내는 신경외과 수술에 대해 말하고, 바짝 마르고 종잇장 같고 골골하고 말라비틀어지고 빼빼마르고 비계가 없고 시들시들하고 쇠약하고 수척하고 비쩍 마르고 꼬챙이 같은, 한마디로 엄청 살이 빠진 과테말라 화가에 대해 다시 이야기했다. 그가 너무 말라서 살바도르 선생이 놀라 생각했다, 이 지경까지 이르렀군, 아무개야. 선생의 첫 번째 조치는 선량한 칠레인답게 저녁이나 온세를 내겠다는 것이었지만, 과테말라인은 그 시간에 거리로 내려갈 마음이 없다면서 거절해 버렸고, 우리의 외교관은 하늘에다 대고, 아니 천장에다 대고 소리를 빽 지르면서 언제부터 곡기를 끊었냐고 물었고, 과테말라인은 좀 전에 식사를 했다고 했지만, 좀 전이 언제요? 하는 질문에 기억을 못했다. 살바도르 선생은 다음과 같은 한 가지 일을 기억했다. 당신이 이야기를 중단하고 가지고 온 약소한 음식을 풍로 옆 그릇에 담았을 때, 즉 침묵이 다시 과테말라인의 다락방에 감돌고 살바도르 선생이 음식을 정리하느라, 혹은 벽에 걸려 있는 과테말라인의 그림을 골백번 바라보느라, 혹은 외교관직을 수행하거나 외무부에서 오랜 세월을 보낸 자들 특유의 의지로 (그리고 무관심으로) 앉아서 시간을 보내며 생각에 잠기고 담배를 피우느라 당신의 존재가 대수롭지 않게 되었을 때에야 과테말라인은 하나밖에 없는 창문 옆에 일부러 놓아둔 의자에 앉았다는 사실을. 살바도르 선생이 안쪽 의자에 앉아 당신 영혼의 활동적인 풍경을 바라보면서 시간을 죽이는 동안, 우울하고 골골한 과테말라인은 파리의 기묘하고 반복되는 풍경을 바라보면서 시간을 죽이고 있었다. 우리 작가의 눈이 투명한 선, 즉 화가의 시선이 수렴되고 발산되는 소실점을 발견하였을 때, 그래, 그래, 선생의 영혼에 스치는 것들이 있었다. 오싹한 그림자가, 얼른 눈을 감아 파리의 흔들리는 석양을 바라보는 그 화가를 그만 보고 싶은 소망이, 그에게서 도망치거나 그를 안으려는 충동이, 무엇을 보는지 물어보고 얼른 그것을 점유하고픈 소망이(이유 있는 야심을 감추고 있는 소망), 또한 그 소망과 동시에 사람들에게는 들리지 않는 말을 듣게 되리라는 두려움, 우리로서는 들을 수도 없고 거의 입에도 담을 수 없는 본질적인 말을 듣게 되리라는 두려움이 머리를 스친 것이다. 나중에, 살바도르 레예스 선생은 바로 그곳 그 다락방에서 정말 우연히도 에른스트 윙어를 만나게 되었다. 윙어가 섬세한 미적 감각, 특히 끝없는 호기심에 자극받아 과테말라인을 찾아온 것이다. 그날 살바도르 선생이 중앙아메리카인의 집 문을 넘어섰을 때 맨 처음 눈에 들어온 것은 독일군 장교 제복에 파묻혀 폭 2미터, 높이 2미터짜리 그림 해석에 몰입해 있는 윙어였다. 살바도르 선생이 수없이 본 유화로 〈일출 한 시간 전의 멕시코시티 풍경〉이라는 기묘한 제목이 붙은, 초현실주의의 영향이 역력한 그림이었다. 과테말라인은 초현실주의 운동에 합류한 적이 있었다. 다만 브르통 교단 사제들의 공식적인 축복은 결코 누리지 못했기에 성공적이었다기보다는 과테말라인의 의지가 그랬다는 것이지만. 그 그림에는 몇몇 이탈리아 풍경화가에 대한 일종의 비주류적인 해석도 드러나지만, 과도하고 과민한 중앙아메리카인들 특유의 것이기도 하고 프랑스 상징주의 화가 르동이나 모로 특유의 것이기도 한 귀소 본능도 담겨 있었다. 언덕 내지 높은 건물 발코니에서 바라본 멕시코시티 그림이었다. 초록색과 회색이 화폭을 지배했다. 어떤 동네들은 파도 같았다. 또 다른 동네들은 네거티브 필름 같았다. 사람 형체는 분간할 수 없지만 여기저기 사람이나 동물의 희미한 골격이 보였다. 살바도르 선생을 보자 윙어의 얼굴에는 다소 놀라는 표정에 이어 다소 즐거운 표정이 스치고 지나갔다. 물론 두 사람은 뜨겁게 인사를 나누고 격식을 차린 안부를 주고받았다. 윙어는 회화에 대해 이야기하기 시작했다. 살바도르 선생은 자신이 잘 모르는 독일 예술에 대해 물었다. 선생은 윙어가 뒤러를 정말 좋아한다는 느낌을 받았고, 두 사람은 잠시 뒤러 이야기만 했다. 두 사람의 열정은 고조되었다. 별안간 살바도르 선생은 그곳에 와서 주인과는 단 한마디도 대화를 나누지 않았다는 사실을 깨달았다. 내면에서 작은 경보음 소리가 점점 커지는 동안 주인을 찾았다. 우리가 선생에게 무슨 경보음을 말하는지 물었더니, 과테말라 화가가 프랑스 경찰 혹은 무참히도 게슈타포에 체포된 게 아닌지 걱정되었다고 대답했다. 하지만 과테말라인은 그곳에 그대로 있었다. 창문 옆에 앉아서 파리 관조에 몰입한 채(하지만 〈몰입〉이라는 단어는 적당하지 않다. 그 단어만큼은 절대로 아닐 것이다). 마음이 놓인 우리의 외교관은 능수능란하게 주제를 바꿔, 침묵하고 있는 과테말라인의 작품들에 대해 어떻게 생각하는지 윙어에게 물었다. 윙어는 화가가 심각한 빈혈 상태인 듯하니 무엇보다도 먹어야 한다고 했다. 그 순간 살바도르 선생은 과테말라인을 위해 가져온 약간의 차와 설탕, 빵 한 덩어리, 칠레 사람들은 다 싫어하지만 칠레 대사관 부엌에 있던 것을 가져온 산양 치즈 반 킬로그램 등의 음식을 아직도 손에 들고 있다는 것을 깨달았다. 윙어는 음식을 바라보았다. 살바도르 선생은 얼굴이 빨개져 음식을 찬장에 놓으면서 과테말라인에게 몇 가지 가져왔소라고 말했다. 과테말라인은 평소와 마찬가지로 고마움도 표하지 않았고 무엇을 가져왔는지 돌아보지도 않았다. 살바도르 선생 기억으로는 몇 초 동안 그 상황이 더할 나위 없이 우스꽝스러웠다. 윙어와 선생은 무슨 말을 해야 할지 몰라서 서 있고, 중앙아메리카 화가는 고집스럽게 등을 보이며 창문 옆을 지켰다. 하지만 윙어는 어떤 상황에도 대처할 줄 알아서, 주인이 의지를 보이지 않자 그 자신이 살바도르 선생을 접대했다. 의자 두 개를 끌어오고, 그날 회동이 끝날 때까지 한 개비도 피우지 않는 것으로 보아 오직 친구들이나 특별한 상황을 위해 가지고 다니는 것 같은 터키산 담배를 우리 외교관에게 권했다. 그날 오후 파리 살롱의 부산함과 빈번하게 이야기에 끼어드는 사람들의 경망스러움에서 해방된 칠레 문인과 독일 문인은 인간과 신, 전쟁과 평화, 이탈리아 회화와 북유럽 회화, 악의 유래 그리고 때로는 운명처럼 얽이는 악의 효과, 독일인이자 칠레인인 동포 필리피의 책을 읽은 덕분에 윙어가 알게 된 칠레의 동식물에 대해 온갖 이야기를 나누었다. 그러면서 살바도르 선생이 몸소 끓인 차를 몇 잔 마시고(과테말라인에게 한 잔 마시겠냐고 물으니 들릴 듯 말 듯한 목소리로 거절했다), 이어 윙어의 은제 수통에 담긴 코냑을 따라 마셨는데 이번에는 과테말라인 화가도 거절하지 않았다. 두 작가는 처음에는 미소를 짓더니, 이윽고 거리낌 없고 편안한 웃음을 터뜨리고 격조 있고 재기발랄한 농담을 주고받았다. 이윽고 과테말라인이 자기 몫의 코냑을 들고 창가로 돌아오자, 〈일출 한 시간 전의 멕시코시티 풍경〉에 관심을 보이던 윙어는 화가가 아스테카 문명의 수도[19]에서 오래 살았는지, 그림 속에서 그곳 체류 경험에 대해 말하고자 했는지 알고 싶어 했다. 과테말라인은, 멕시코시티에는 고작 일주일 머물렀을 뿐이고, 그 도시에 대한 기억은 거의 윤곽도 없는 모호한 것이며, 게다가 게르만인의 주목 대상 내지 호기심의 대상인 그림은, 비록 달리 그럴 듯한 말도 없고 해서 그저 멕시코적 감성이라고 칭한 무엇인가를 느끼기는 했지만, 먼 훗날 파리에서 특별히 멕시코를 생각하지 않고 그린 것이라고 대답했다. 그런데 그 대답은 윙어가 〈기억의 정화조〉를 논할 빌미를 주어, 과테말라인이 멕시코시티에 잠시 체류할 때 포착한 광경인데 오랜 세월 머릿속에 잠복해 있던 것은 아닐까 하고 말했다. 살바도르 선생은 게르만 영웅의 말이면 다 맞장구를 치고 있었지만, 마음속으로는 별안간 덮개가 열린 정화조는 물론 아닐 거고, 어찌되었든 그런 정화조도 아닐 거라고 생각했다. 바로 그런 생각을 하자마자 머리가 윙윙거리기 시작했다. 마치 더위를 먹거나 현

[19] 멕시코시티를 가리킨다.

기증이 날 때만 눈에 보이는 수백 마리의 말파리나 등에가 머리에서 빠져나오는 것 같았다. 과테말라인의 다락방이 더운 곳이 아닌데도 날개 달린 땀방울처럼 투명한 말파리들이 선생의 눈꺼풀 주위를 날아다니면서 등에 특유의, 아니 그게 그거지만 말파리 특유의 윙윙 소리를 이미 내고 있었다. 파리 시에는 말파리가 없지만 말이다. 윙어가 프랑스어로 주장하는 담론을 이제는 겨우 토막토막 포착하던 살바도르 선생은 그때 한 번 더 윙어의 말에 맞장구치면서 진실의 일부를 엿보았다. 아니 엿보았다고 믿은 것일 수도 있다. 그 최소한의 진실이란 과테말라인이 파리에 있었고, 전쟁이 이미 시작되었거나 시작 직전의 상황이었으며, 과테말라인은 전쟁 발발 전에 이미 단 하나뿐인 창문 앞에서 하염없이 시간을 죽이며 파리 전경을 관조하는 버릇이 생겼고, 그 가사(假死) 상태의 관조에서 〈일출 한 시간 전의 멕시코시티 풍경〉이 탄생했다는 사실이었다. 그 그림은 인간의 희생 제의를 위한 제단이요, 극단적인 혐오감을 표시한 몸짓이요, 나름대로 패배를 인정한 것이었다. 그 패배는 파리의 패배도, 기꺼이 자신을 화장(火葬)할 준비가 되어 있는 유럽 문화의 패배도, 과테말라 화가도 공유하고 있는 몇몇 이상(理想)의 정치적 패배도 아니었다. 자기 자신의 패배, 명성도 재산도 없지만 빛의 도시의 동인 집단에 자기 이름을 새겨 넣으려던 과테말라인의 패배였다. 자신의 패배를 받아들인 과테말라인의 총명함, 순전히 개인적이고 가십에 불과한 일을 초월하는 다른 것들을 암시하는 그 총명함에 우리 외교관은 양팔의 솜털이 곤두섰다. 시쳇말로 닭살이 돋은 것이다. 그러자 살바도르 선생은 남은 코냑을 단숨에 들이켜고, 내내 혼자 떠들고 있는 독일인의 말을 들어 주었다. 우리 작가는 쓸데없는 생각의 거미줄에 걸려 버렸고, 과테말라인은 예상대로 자기 창문 옆에 누워 하릴없이 계속 파리만 관조하고 있었다. 별로 힘들이지 않고 장광설의 논지를 낚아챈 선생은(그렇게 믿은 것인지도 모르지만), 윙어의 이론 개진에 끼어들 수 있었다. 그 독일인이 미술에 대한 신조를 겸허하게 말했기에 망정이지, 그렇지 않았으면 네루다라도 놀라게 했을 것이다. 그러고 난 후 독일군 장교와 칠레 외교관은 함께 과테말라 화가의 다락방을 떠났다. 거리로 나서기까지 가파르고 끝없는 계단을 내려가는 동안 윙어는 과테말라인이 그다음 겨울까지 생존하지 못할 것 같다고 말했다. 그의 입에서 그런 말이 나와서 선생은 좀 묘했다. 당시에는 수천, 수만의 사람들, 대부분 과테말라인보다 더 건강하고 더 명랑하고 훨씬 더 삶의 의욕이 있는 사람들도 그다음 겨울까지 생존하지 못하리라는 사실을 모르는 사람이 없었기 때문이다. 하지만 윙어는, 아무 생각 없이 말했는지 아니면 정확히 재고 말했는지 모르겠지만, 어쨌든 그렇게 말했고, 살바도르 선생은 또 한 번 맞장구를 쳤다. 화가를 방문하고 난 탓인지 그가 죽게 될 거라는 확신이 완전히 들지는 않았지만 그래도 네, 분명합니다, 물론이죠라고 말했다. 물론 〈으흠〉, 〈으흠〉 하고 헛기침을 했을 수도 있다. 모든 것을 다 의미하고 심지어 반대의 뜻도 의미할 수 있는 외교관들의 헛기침을. 곧이어 에른스트 윙어는 살바도르 선생 집으로 저녁 식사를 하러 갔고, 둘은 이번에는 코냑 잔에 코냑을 따라 편안한 안락의자에 앉아서 문학 이야기를 나누었다. 파리의 저녁 식사답게, 이를테면 식도락적인 측면과 지적인 측면이 균형을 이룬 저녁 식사였다. 독일인이 떠날 때, 살바도르 선생은 프랑스어로 번역된 당신 책 한 권을 선물했는데, 모르긴 해도 선생의 작품 중 유일한 역서였으리라. 늙다리 청년의 말로는 파리에서는 아무도 살바도르 레예스 선생에 대한 기억 한 조각 간직하고 있지 않다고 하는데, 내 감정을 상하게 하려고 하는 말일 수도 있다. 파리에서는 이미 아무도 선생을 기억하지 못할 수도 있고, 사실 칠레에서도 극소수만 선생을 아직 기억할 뿐, 선생 책을 읽는 사람은 더 적다. 하지만 아무려나 상관없으며, 살바도르 선생의 저택을 떠나면서 독일인이 양복 주머니에 우리 문인의 책을 넣어 갔고, 자기 회고록에서 선생을 언급하고 나쁘게 말하지 않는 것으로 보아 의심할 나위 없이 그 책을 읽었다는 사실이 중요하다. 이상이 살바도르 선생이 제2차 세계 대전 중 파리에서 보낸 세월에 대해 우리에게 해준 이야기의 전부이다. 한 가지 확실한 일, 우리가 자랑스러워할 일 하나가 있다. 윙어가 자기 회고록에서 칠레인으로는 오직 살바도르 레예스만 언급했다는 점이다. 선생 외에는 그 어떤 칠레인도 독일인의 저술에 얼굴을 들이밀지 못한 것이다. 윙어의 어두우면서도 풍요로웠던 그 시절에 살바도르 선생 외에는 어떠한 칠레인도 인간으로 또 책의 저자로 존재하지 않았던 것이다. 그날 저녁 우리의 소설가이자 외교관 자택에서 물러나와 페어웰의 무절제한 그림자와 함께 보리수 길을 걸어가면서 나는, 영웅들의 꿈처럼 윤기가 도는 우아한 장면이 격랑처럼 흐르는 환영을 보았다. 내가 아직 젊고 충동적이었던 시절이라, 그가 높이 평가하는 주방장이 있는 식당에 어서 갈 생각만 하던 페어웰에게 당장 이야기했다. 그 한적한 보리수 길을 걸으면서 시를 쓰고 있는 내 모습을 보았노라고, 김이 모락모락 나는 강철 둥지 속의 자그마한 새 한 마리처럼 우주선 안에 잠들어 있는 문인, 그의 황금빛 존재 혹은 환영을 노래했노라고, 불멸을 향한 여행을 시작한 그 작가는 윙어였고 우주선이 안데스 산맥에 추락하여 그 영웅의 순결한 육체가 만년설 철창 속에 보존되는 내용이라고, 영웅들의 글과 그 필경자(筆耕者)들은 그 자체로 신과 문명을 찬양하는 노래라고 페어웰에게 말했다. 점점 허기가 져 최대한 걸음을 재촉하던 페어웰은 어깨 너머로 허풍선이 쳐다보듯 나를 바라보며 조롱기 어린 미소를 보냈다. 그러고는 살바도르 레예스의 이야기가 인상적이었나 보다고 말했다. 좋지 않은 일이야. 무언가를 좋아하는 것은 괜찮아. 하지만 인상에 좌우되는 것은 좋지 않아. 그렇게 페어웰이 말했다. 결코 걸음을 멈추지 않으면서. 이윽고 내게 영웅을 주제로 한 문학 작품은 많다고 말했다. 너무나 많아서 취향과 사상이 완전히 정반대인 두 사람이 눈을 감고 고르더라도 결코 똑같은 것을 고를 가능성이 없을 정도라는 것이다. 그 말을 마친 페어웰은, 걷는 일만 해도 죽을 지경이라는 듯 침묵을 지키다가 잠시 뒤, 젠장, 배고프군 하고 말했다. 그런 식의 표현은 그 이전에도 그 이후에도 결코 페어웰에게 들어 본 적이 없다. 차라리 천박하다고 할 만한 식당의 탁자에 앉을 때까지 페어웰은 아무 말도 하지 않았다. 그곳에서 페어웰은 다채롭고 맛있는 칠레 요리를 꿀꺽꿀꺽 삼키면서 중부 유럽 어딘가에, 아마도 오스트리아나 헝가리에 있는 영웅들의 언덕 혹은 헬덴베르크라고 불리는 곳 이야기를 해주었다. 나는 순진하게도 페어웰이 하려는 이야기가 윙어나 내가 앞서 이야기한 것과 관계가 있으려니 생각했다. 윙어에 대해, 산맥에 추락한 우주선에 대해, 순전히 자기 글을 보호막 삼아 떠나는 불멸을 향한 영웅들의 여행에 대해 내가 열정에 취해 늘어놓던 이야기 말이다. 하지만 페어웰의 이야기는 제화업자 이야기였다. 오스트리아-헝가리 제국 황제의 신하였던 제화업자이고, 구두 수입 판매로 한 재산 모은 상인이고, 나중에는 빈에서 구두를 제조해 빈과 부다페스트와 프라하는 물론 뮌헨, 취리히, 소피아, 베오그라드, 자그레브, 부쿠레슈티의 멋쟁이들에게까지 판매한 이였다. 보잘것없는 사업으로, 아마도 잘못된 길을 걷던

가업으로 시작해서 이를 다지고 확장하고 유명하게 만든 사업가였다. 이 제조업자의 구두는 신어 본 사람 모두 맵시는 물론이고 제일 편안하다고 예찬했다. 기본적으로는 그랬다, 미와 편안함이 조화를 이룬 것이다. 구두 몇 종류 그리고 또한 부츠와 앵클부츠와 부티, 심지어 슬리퍼와 샌들까지도 신을 만하고 오래가서, 한마디로 말해 고맙게도 길을 가다 엎어질 염려가 없어 제품을 신뢰할 수 있고, 티눈이 박이거나 이미 생긴 티눈이 도질 일도 없기에 족병 전문의를 늘 찾아다니던 이들은 확실히 제품을 눈여겨보고 신뢰할 수 있었다. 결국 명성으로 보나 상표로 보나 품격과 편안함이 보장되는 구두였다. 문제의 제화업자, 즉 빈의 제화업자 고객 중에는 오스트리아-헝가리 제국의 황제도 있었다. 그는 황제도 가끔씩 참석하는 연회에 초대받거나 자신을 초대하게 만들었는데, 이러한 연회에 오는 각료 및 제국의 군 원수들이나 장군들 중 누군가는 제화업자의 승마화나 구두를 신고 있었다. 이들은 제화업자와의 대화를 거부하지 않았고, 중요한 이야기는 아니지만 항상 친절한 대화, 조심스럽고 신중한 말이지만 가을 별궁의 그 가벼운 우수가 깃든 대화가 이루어지곤 했다. 페어웰에 따르면, 거의 감지하기 힘든 그 우수는 오스트리아-헝가리 제국의 우수로 러시아 겨울 별궁의 우수나, 스페인 여름 별궁의 우수(내 생각에 이 점은 페어웰의 과장이다) 혹은 스페인인의 격정과는 다르다는 것이었다. 일부 인사들의 말로는 제화업자는 이러한 대접에 고무되어, 또 다른 인사들의 말로는 그런 대접과는 아주 무관한 망상의 소산으로 한 가지 구상을 정성껏 보듬고 발아시키고 재배하기 시작하다가 생각이 영글었을 때 주저하지 않고 황제에게 직접 개진했다. 비록 이를 위해 제화업자는 제국 전체와 군부와 정계를 망라한 친분 관계를 총동원해야 했지만 말이다. 모든 빗장을 다 건드리자 문들이 열리기 시작했고, 제화업자는 현관을 지나고 접견실을 지나고 점점 더 장엄해지고 어두워지는 살롱들을 지났다. 어둡다고는 해도 윤기가 흐르는 어두움이요 장중한 어두움이었다. 일단은 양탄자의 질과 두께 때문에, 부차적으로는 구두의 질과 탄력 때문에 발자국 소리도 울리지 않았다. 안내를 받아 간 마지막 살롱에는 황제가 몇몇 측근을 대동하고 지극히 평범한 의자에 앉아 있었다. 측근들은 근엄한 표정, 심지어 당혹스러운 표정으로 제화업자를 살펴보았다. 이 자가 나사가 하나 빠진 것은 아닌지, 열대 모기에게 물린 것은 아닌지, 머릿속에 대체 어떤 정신 나간 갈망이 생겨서 오스트리아-헝가리 제국의 모든 신민의 군주에게 알현을 청하여 윤허를 얻은 것인지 자문하는 듯했다. 반면 황제는 아버지가 자식을 대하듯 지극히 다정한 말로 제화업자를 맞아들였다. 좋은 구두이기는 하지만 좋은 벗이 만든 것만 못한 리옹의 르페브르 가(家)의 구두, 훌륭하지만 충직한 신하의 것만 못한 런던의 덩컨 & 시걸 가의 구두, 아주 편안하기는 하지만 동포 사업가의 것만 못한 이름 모를 자그마한 독일 마을의 니더레 가의(퓌어트입니다, 제화업자가 황제를 도와주었다) 구두를 논하면서. 그다음에는 사냥과 수렵화와 승마화와 여러 종류의 가죽과 숙녀화에 대해서 이야기를 나누었다. 숙녀화 이야기에 이르러 황제는 얼른 자체 검열에 나서, 신사 여러분, 신사 여러분, 말씀을 조금 삼갑시다라고 말했다. 마치 이야기를 꺼낸 사람이 자신이 아니라 측근들인 양. 측근들과 제화업자는 기꺼이 죄를 인정하고 앞을 다퉈 자책하였다. 마침내 알현 용건을 언급할 때가 되었다. 모두들 차나 커피를 더 따르거나 코냑 잔을 다시 채웠고, 제화업자가 말할 차례가 되었다. 그는 그 순간 당연히 흥분되어 숨을 깊이 들이쉬고, 눈앞에는 없지만 상상이 가능한 화관(花冠)을 어루만지듯 양손을 움직이면서 군주에게 자신의 구상을 설명했다. 그 구상이 바로 헬덴베르크 혹은 영웅들의 언덕이었다. 모 마을과 모 마을 사이, 제화업자가 알고 있는 계곡에 위치한 언덕이요, 언덕 자락에는 떡갈나무와 낙엽송이 자라고 위쪽과 바위 지역에는 온갖 관목이 우거져 있는 검푸른 언덕이었다. 봄에는, 최고로 화려한 화풍을 구사하는 화가의 팔레트에 걸맞은 색상들을 감상할 수 있었다. 또 계곡에서 바라보면 눈이 즐거운 언덕이요, 계곡을 둘러싸고 있는 위쪽에서 보면 많은 생각을 하게 만드는 언덕이요, 다른 세계의 편린처럼 그곳에 놓여 있으면서 인간과 마음의 안식과 영혼의 휴식과 감각의 즐거움을 떠올리게 해주는 언덕이었다. 불행하게도 그 언덕은 주인이 있었으니, 그 지역의 대지주인 H 백작이었다. 하지만 제화업자는 백작과 이야기하여 이미 그 문제를 해결해 놓은 터였다. 가련한 백작을 이해할 수 있겠다는 듯이 온화하게 빙글거리며 이야기하는 제화업자의 말에 따르면, 백작은 처음에는 순전히 토지 소유주 특유의 완강함으로 비생산적인 한 조각 땅을 팔기를 거부하다가, 상당한 액수를 제시하자 그 언덕을 팔 마음이 생겼다. 제화업자의 구상은 언덕을 매입하여 이를 제국의 영웅들에게 바치는 기념비적인 장소로 만들겠다는 것이었다. 과거와 현재의 영웅들은 물론 미래의 영웅들까지를 위해서. 즉 그 언덕은 묘지이자 박물관 기능을 해야만 했다. 어떤 박물관이냐고? 제국의 영토 안에 존재한 영웅 모두의 동상과 아주 특별한 경우에는 외국 영웅들의 동상을 실제 크기로 세운. 어떤 묘지냐고? 뭐, 그야 쉬운 일이었다. 조국의 영웅들을 그곳에 안장하면 되는 것이었다. 군인과 역사학자와 법조인으로 구성된 위원회가 영웅을 선정하고 마지막 결정은 항상 황제가 내리는 식으로. 그렇게 하여 과거의 영웅들은 그 언덕에서 영원한 안식을 취할 것이고, 사실상 찾아내기 힘든 유골 아니 재는 역사가들이, 또는 전설, 구전 설화, 소설 등이 말하는 영웅들의 신체적 특징과 부합되는 동상들을 세울 작정이었다. 최근 영웅이나 미래 영웅들의 육신이야 관료들의 손아귀가 닿는 범위에 있을 거고. 제화업자가 황제에게 무슨 요구를 했냐고? 무엇보다도 첫째, 황제가 그 사업을 치하하고 허락하고 흡족해하기를 원했고, 둘째, 그 엄청난 역사(役事)가 야기할 모든 비용을 홀로 다 댈 수 없으니 국가의 재정적 지원을 요구했다. 즉, 제화업자는 영웅들의 언덕 매입, 묘지화 작업, 울타리, 방문자들이 구석구석 다닐 수 있는 길, 자신의 애국적 기억에 아주 좋게 각인된 몇몇 옛 영웅들의 동상, 그밖에 묘지 경비원과 정원사를 겸할 수 있고 이미 자신의 농토에서 일한 경력이 있는 자들로서 능히 무덤 파는 일도 담당하고 한밤중에 도굴꾼도 퇴치할 수 있을 건장한 독신 장정들 3인의 숲 경비원 비용을 대는 데 자신의 호주머니를 털 용의가 있었다. 나머지, 즉 조각가 고용, 석재와 대리석과 구리 구입, 행정적 관리, 허가와 홍보, 조각상 운반, 영웅들의 언덕과 빈의 주도로를 연결하는 길, 언덕에서 거행되어야 할 의식, 가족 친지 및 일행의 교통편, 작은 (하지만 그렇게 작지만은 않은) 성당의 건축 기타 등등, 기타 등등 그 모두는 국가가 부담해야 하리라는 것이었다. 이어 제화업자는 그러한 기념물의 도덕적 유익에 대한 이야기로 넘어가, 유서 깊은 가치, 모든 것이 다 사라져도 남는 것, 인류 열망의 황혼, 최근 사상에 대해 논하였다. 제화업자가 이야기를 마쳤을 때, 황제는 눈물을 머금고 그의 손을 잡고 귓가에 입을 갖다 대면서 아무에게도 들리지 않게 뜨문뜨문, 그러나 단호하게 이야기를 속삭이더니 제화업자의 눈을 바라보았다. 마주 보기 어려운 시선이었지만, 황제와 마찬가지로 눈이 촉촉해진 제화업자는 눈도 깜짝하지 않고 마주 보았다. 이윽고 황제는 고개를 여러 번 끄덕이고, 측근들을 쳐다보면서 대단해, 완벽해, 훌륭해 하고 연발했고, 측근들도 대단합니다, 대단합니다 하고 따라했다. 그것으로 모든 이야기가 다 되었고, 제화업자는 행복에 겨워 양손을 비비대며 궁에서 나왔다. 채 며칠이 안 돼 영웅들의 언덕은 벌써 주인이 바뀌었고, 저돌적인 제화업자는 신호도 기다리지 않고 출발 총성을 울려 일단의 인부들로 하여금 초기 공사를 시작하게 했다. 제화업자는 불편함을 마다 않고 그 마을 혹은 제일 가까운 마을의 여관에 기거하면서 공사를 친히 감독했다. 그는 공사에 마치 예술가처럼 몰두하여 역경과 싸워 나갔다. 종종 그 지역의 평야를 물에 잠기게 하는 비도, 오스트리아 혹은 헝가리의 강철 같은 회색 하늘을 지나가면서 냉혹하게 서쪽으로 행군하는 폭풍우, 알프스의 거대한 그림자가 자석처럼 끌어당기는 허리케인 같은 그러한 폭풍우도 개의치 않았다. 제화업자는 물이 뚝뚝 떨어지는 외투와 바지를 입고, 수렁에 빠져도 완벽하게 방수가 되는 구두를 신고 폭풍우가 지나가는 것을 바라보았다. 확실히 대단한 구두여서 진정한 예술가가 아니면 아예 예찬조차 불가능하고, 춤을 추고 달리고 수렁에서 노동이 가능한 구두이고, 결코 주인을 망신시키거나 곤경에 빠뜨리지 않을 구두였지만, 유감스럽게도 제화업자는 이에 거의 주목하지 않았다(심지어 가끔은 옷도 제대로 벗지 않고 침대 시트를 둘둘 감은 채 곯아떨어졌을 때, 그의 조수나 여관 종업원 소년이 구두의 진흙을 털고 밤마다 광을 냈다). 제화업자는 같은 꿈에 시달렸다. 그는 악몽을 꾸는 내내 행진을 했으며, 악몽 마지막 부분에서는 진중하고 고적하고 어둡고 기품 있는 영웅들의 언덕이 언제나 그를 기다리고 있었다. 그 언덕은 우리가 고작 부분적으로만 알고 있는 공사이며, 알고 있다고 종종 믿지만 사실은 거의 아무것도 알지 못하는 공사이고, 우리가 가슴속에 품고 있다가 미케네그리스어[20] 문자가 새겨진 금속 쟁반 한가운데에 갑자기 꺼내 놓는 불가사의이다. 그 문자는 우리의 역사와 갈망, 아니 사실은 우리의 패배를 떠듬거리고 있다. 우리가 빠져든 바로 그 패배인데도 미처 깨닫지 못하는 바로 그 패배에 대해 떠듬거리고 있는 것이다. 우리는 그 차가운 쟁반 한가운데에 심장, 심장, 심장을 놓았다. 제화업자는 침상에서 전율하고, 헛소리를 하고, 심장이라는 단어와 그 밖에 광채라는 단어를 말하고, 숨이 꼴딱꼴딱 넘어갈 듯했다. 조수가 그 차가운 여관방에 들어가 그를 진정시켰다. 일어나세요, 나리, 꿈일 뿐입니다, 나리. 제화업자가 몇 초 전까지만 해도 쟁반 한가운데에서 아직 팔딱팔딱 뛰고 있는 자신의 심장을 바라보던 눈을 떴을 때, 조수는 따뜻한 우유 한 잔을 건넸고, 악몽을 쫓아 버리려는 듯 얼떨결에 휘두른 제화업자의 손찌검을 답례로 받았다. 그는 조수를 알아보지 못하겠다는 듯 바라보다가 쓸데없는 것은 집어치우라고, 코냑 한 잔

---

20 지금까지 발견된 것 가운데 가장 오래된 형태의 그리스어. 관청의 사무용으로 쓰던 언어로, 없어지기 쉬운 기록이나 왕궁·상업기관의 물품 목록을 기록하는 데 주로 쓰였다.

21 *aguardiente*. 소주와 발효법이 유사한 대중적인 술.

이나 아구아르디엔테[21]나 좀 가져다 달라고 말했다. 제화업자는 날씨가 좋든 궂든 이렇게 날이면 날마다 돈을 물 쓰듯 했고, 황제는 눈물을 흘리며 대단해, 훌륭해를 연발했지만 정작 더 아무런 말이 없었고, 각료들은 물론 측근들과 장군들과 제일 열정적인 대령들도 침묵을 택했다. 투자자들 없이는 진척될 수 없는 사업이지만, 제화업자는 일에 착수해 버렸고 이미 멈출 수가 없었다. 제화업자의 모습은 그가 별 소득 없는 교섭을 추진할 때가 아니면 빈에서는 거의 볼 수 없었다. 영웅들의 언덕에서 내내 시간을 보내며, 자신만큼이나 튼튼하고 억척이라 무자비한 날씨를 잘 견뎌 내는 조랑말을 탄 채 점점 줄어드는 인부들을 감독하거나, 필요하면 같이 작업에 뛰어들었기 때문이다. 처음에는 제국의 궁전과 빈의 우아한 살롱마다 제화업자의 이름과 구상 이야기가, 마치 어느 장난꾸러기 신이 대중의 여흥을 위해 피운 연기인 양, 한 줄기 가느다란 폭죽 연기처럼 피어올랐다. 그러나 매사가 그렇듯 곧 망각에 빠져 버렸다. 어느 날 이제 아무도 제화업자 이야기를 하지 않게 되었다. 또 어느 날 사람들은 그의 얼굴을 잊어버렸다. 세월의 흐름은 아마 그의 제화업이 더 잘 견뎌 냈을 것이다. 가끔은 오래전 지인이 제화업자를 빈의 거리에서 보기도 했지만, 그는 이미 아무에게도 인사를 하지도 응대하지도 않았고, 그가 다른 편 보도로 건너가 버린들 아무도 놀라지 않았다. 냉혹하고 혼란스러운 시절이 닥쳤다. 특히 냉혹함과 혼란스러움이 잔인함과 어우러진 지독한 시절이 닥쳤다. 문인들은 계속 그들만의 뮤즈를 불렀다. 황제가 사망했다. 전쟁이 터지고 제국이 멸망했다. 음악가들은 계속 작곡을 하고 사람들은 계속 연주회에 갔다. 제화업자의 멋들어지고 튼튼한 구두를 소유하고 있는 극소수 사람들만이 어쩌다 어렴풋이 기억하는 것 외에는 이제 누구도 제화업자를 기억하지 못했다. 그러나 제화업도 세계적인 위기의 덫에 걸려 주인이 바뀌고, 그 후 사라져 버렸다. 그 이후의 세월은 더 혼란스럽고 더 냉혹했다. 암살과 박해가 들이닥쳤다. 그리고 또 다른 전쟁, 최악의 지독한 전쟁이 발발했다. 어느 날 계곡에 소련 탱크가 출현하고, 탱크 연대를 지휘하는 대령이 포탑 위에서 망원경으로 영웅들의 언덕을 발견했다. 줄을 이룬 탱크들이 날카로운 소리를 내면서 계곡에 흩어지는 마지막 햇살 아래 거무스름한 금속처럼 빛나는 언덕에 다가갔다. 러시아인 대령은 탱크에서 내려 대체 이게 뭐야 하고 말했다. 다른 탱크들에 타고 있던 러시아인들도 내려서 다리를 펴고 담뱃불을 붙이고, 언덕을 둘러싸고 있는 검은색 철창살 울타리와 엄청난 크기의 문과 입구 바위에 새겨져 방문자에게 그곳이 헬덴베르크임을 알리는 구리 글자를 바라보았다. 어릴 적 그곳에서 일한 한 농부는 질문을 받고 그곳이 세상의 모든 영웅이 안장될 뻔한 묘지라고 대답했다. 대령과 그의 부하들은 세 개의 낡고 녹슨 자물쇠를 부수고 입구로 들어서서 영웅들의 언덕에 나 있는 길을 따라 걸었다.

영웅들의 동상과 무덤은 보지 못하고 적막함과 방치된 느낌만 받다가, 언덕 꼭대기에서 금고와 흡사한 봉인된 납골당을 발견하고는 문을 땄다. 납골당 안에서 그들은 돌로 만든 권좌에 앉아 있는 제화업자의 시체를 발견했다. 안구는 오직 언덕 아래 펼쳐져 있는 계곡만을 바라보겠다는 듯이 휑했고, 턱은 어렴풋이 불멸을 보고 나서 아직도 웃고 있는 양 벌어져 있었다. 페어웰이 이야기를 마치고 말했다. 이해가 되는가?, 이해가 되느냐고? 내 소명 의식의 구석구석을 방불케 하는 우리 집 구석구석을 족제비 내지 염탐꾼 그림자를 드리우고 스르르 다니던 아버지가 다시 보였다. 페어웰이 되풀이해 말했다. 이해가 되는가?, 이해가 되느냐고? 우리는 커피를 주문했고, 거리에는 이해할 수 없는 귀가 욕망에 사로잡힌 사람들이 발걸음을 재촉하고 있었고, 그들의 그림자는 페어웰과 내가 있던 식당 벽에 차례차례, 점점 더 빨리 투영되었다. 우리는 거센 풍랑을 아랑곳하지 않고, 아니 산티아고의 거리와 산티아고인의 집단정신에 퍼져 버린 전자파를 아랑곳하지 않고, 커피 잔을 어쩌다 입에 대는 손동작 외에는 미동도 하지 않았다. 그러는 와중에 우리의 눈은, 마치 의도하지 않았다는 듯이, 마치 칠레식으로 딴청 피는 사람들처럼, 식당 칸막이에 검은 번개처럼 나타났다가 사라지는 중국 그림자극 상(像)들을 바라보고 있었다. 내 사부 페어웰에 최면을 걸어 버린 듯한 여흥이요, 내게는 현기증과 눈의 통증을 야기한 여흥이었다. 통증은 이

옥고 관자놀이와 정수리와 뇌 전체로 퍼져 나갔고, 나는 기도와 메호랄[22]로 이를 경감시켰다. 금방이라도 축복받은 비상(飛上)을 할 것처럼 팔꿈치에 몸을 힘겹게 의지하고 지금 기억해 보니, 당시에는 눈에만 통증이 있었기 때문에 눈만 감아 버리면 그뿐이라 쉽게 치유할 수도 있었다. 그런데 그럴 수 있었고 그렇게 해야 했지만 그러지 않았다. 눈이 가볍게 움직이면서 부동 상태가 파괴되어 형성된 페어웰의 표정이 내게는 무한함의 공포 혹은 무한을 향해 쏜살같이 달려가는 공포의 의미를 획득해 가고 있었기 때문이다. 무한은 공포의 숙명이기도 하다. 공포는 상승하고 또 상승할 뿐 결코 상승을 멈추지 않기에, 우리의 비탄이, 우리의 낙담이, 또 단테 작품에 대한 몇몇 해석이 발생한다. 구더기처럼 가느다란 그 공포, 무장을 한 것은 아닌 그 공포, 하지만 상승하고 또 상승해서 아인슈타인 방정식처럼 팽창할 수 있는 공포이다. 앞서 말한 것처럼 페어웰의 표현은 그런 의미를 획득해 가고 있었다. 비록 우리 식탁 옆을 지나는 이가 있다면 페어웰이 그저 다소 내향적인 태도를 취하고 있는 점잖은 신사처럼 보였겠지만 말이다. 그때 페어웰이 입을 열었고, 나는 이해가 되냐고 한 번 더 물을 거라고 생각했는데, 그가 말했다. 네루다는 노벨상을 탈 거야. 유골 가루투성이 들판 한가운데에서 흐느끼듯이 그 말을 했다. 그리고 또 말했다. 아메리카는 변할 거야, 칠레는 변할 거야. 그가

---

[22] 타이레놀 비슷한 알약 진통제.

입을 멍하니 벌렸고, 그 상태에서도 말했다. 나는 보지 못하겠지만. 내가 그랬다. 당신은 보실 겁니다. 모든 것을 보실 거예요. 그 순간 내가 천국이나 영생에 대해서 논하는 것이 아니라, 내 첫 번째 예언을 하고 있다는 것을 깨달았고, 페어웰의 예상이 맞는다면 그가 그것을 보리라는 것을 알았다. 페어웰이 말했다. 우루티아, 빈 사람의 이야기가 나를 슬프게 만들었네. 페어웰, 당신은 오래 사실 거예요. 그가 말했다. 삶이 무슨 소용이 있고, 책이 무슨 소용이 있겠어, 그저 그림자일 뿐인데. 당신이 바라보고 있던 그 그림자들처럼요? 바로 그렇네, 우루티아. 이 문제에 관해서는 플라톤이 아주 흥미로운 책을 썼습니다. 바보 같은 소리 하지 말게. 그 그림자들이 뭐라고 하던가요, 페어웰, 말씀해 주실래요? 다양한 방식의 책 읽기에 대해서 말하는군. 다양하지만 지극히 형편없고 지극히 보잘것없는 독서 말이군요. 우루티아, 무슨 소리 하고 있는지 모르겠군. 시각 장애인들에 대해서 말씀드리는 겁니다, 페어웰. 발이 걸리고, 허우적대고, 부딪쳐 미끄러지고, 비틀거리며 넘어지는 등 시각 장애인들의 일반적인 고통에 대해서요. 무슨 소리 하는지 모르겠네, 왜 그러는 거야, 나는 그 문제를 전혀 그리 보지 않았는데. 그렇게 말씀해 주시니 기쁩니다. 이제 나도 내가 무슨 소리를 하는지 모르겠군. 대화를 하고 싶고 말을 하고 싶은데 입에 거품만 물고 있으니 말이야. 중국 그림자극 상 중에서 뚜렷이 보이는 것이 있나요? 역사의 소용돌이라든가 황당무계한 일식이라든가 뭔가 명확한 장면이 보이시나요? 시골 풍경이 보이는군. 기도하고 가버리고 되돌아오고 기도하고 가버리는 농부 무리 따위 말씀이신가요? 무언가 중요한 것을 보려고 한순간 멈췄다가 별똥별처럼 사라져 버리는 매춘부들의 모습이 보이네. 칠레와 관련된 것도 보입니까? 조국의 항로도요? 이 음식 때문에 탈이 난 것 같네. 중국 그림자극 상들 사이에서 우리의 주옥 같은 선집도 보입니까? 문인들 이름이 보입니까? 얼굴을 알아볼 수 있는 사람도 있나요? 네루다와 내 모습이 보이지만 나 자신을 속이고 있는 것뿐이라네. 그저 나무, 나무 한 그루와, 바닥이 드러난 바다를 방불케 하는 괴물 같은 낙엽 더미의 실루엣이 보여. 두 개의 윤곽이 보이는 듯하지만 사실은 천사의 칼이나 거인의 망치에 두 동강 난 황야의 무덤 한 기(基)일 뿐이라네. 내가 물었다. 그러고요? 오가는 매춘부들과 눈물의 강이 보이는군. 더 정확히 말씀해 주세요. 이 음식 때문에 탈이 난 것 같네. 거참 이상하네요. 저는 아무것도 연상되지 않거든요. 그저 그림자, 전기 그림자들이 보일 뿐입니다. 마치 시간이 가속되는 것 같고요. 책에는 위안이 없네. 제게는 미래가 분명히 보이는데, 그 미래에는 장수를 누리면서 모든 사람에게 사랑과 존경을 받는 당신이 있습니다. 존슨 박

---

23 Samuel Johnson(1709~1784). 영국의 시인·비평가. 옥스퍼드 대학교를 중퇴하였으나 후에 문학상 업적을 인정받아 〈존슨 박사〉라 불렸다. 역작 『영어 사전』 및 『영국 시인전』 10권을 집필하였다.

사²³처럼 말인가? 바로 그겁니다. 정확히 과녁 중심을 꿰뚫었네요. 신에게 방치된 이 한 조각 땅의 존슨 박사처럼 말이군. 신은 모든 곳에 계십니다. 심지어 가장 기이한 곳에도 말입니다. 배 속이 난리를 치고 술이 취해 그렇지, 아니면 지금 당장이라도 고해 성사를 할 텐데. 저야 영광이죠. 아니면 자네를 화장실로 끌고 가 옳다구나 하고 후장(後腸)을 따버리든지. 취하셨네요. 저 그림자에 홀리신 것이든지요. 얼굴 빨개질 것 없다네, 우리 칠레인 모두가 소돔인이잖아. 남자야 다 소돔인이죠. 다들 영혼의 추녀 끝에 소돔인이 있죠. 우리의 가련한 동포들만 그렇지는 않죠. 우리 의무 중 하나가 소돔인 위에 군림하고, 그들을 격퇴하고, 무릎 꿇리는 것이죠. 자네 빨아 본 사람처럼 말하는군. 저는 결코 한 번도 그런 짓을 한 적이 없습니다. 여기는 우리 둘뿐이잖아, 우리 둘뿐이라고. 신학교에서도 그런 적이 없다고? 저는 공부하고 기도하고, 기도하고 공부했습니다. 여기는 우리 둘뿐이야, 둘뿐이라고, 단둘이 있다고. 저는 성 아우구스티누스와 성 토마스 아퀴나스를 읽고, 모든 교황의 삶을 공부했습니다. 아직도 그 성스러운 삶들을 기억하나? 화인(火印)을 찍어 놓은 것처럼요. 피우스 2세가 누구지? 본명이 에네아 실비오 피콜로미니인 피우스 2세는 시에나 근처에서 탄생하시어 1458년부터 1464년까지 교회의 수장이셨습니다. 바젤 공의회에 참석하시고, 카프라니카 추기경의 비서이시고, 나중에는 대립 교황 펠릭스 5세를 모시고, 그 후 프리드리히 3세를 모시고, 계관 시인이 되시고, 즉시를 쓰셨으며, 빈 대학에서 고대 시인들에 대해 강의를 하시고, 1444년 보카치오풍의 소설 『두 연인의 이야기』를 출간하시고, 그 책을 출간한 지 꼭 1년 뒤인 1445년 사제 서품을 받으시면서 인생이 바뀌고, 참회하시어 지난날의 잘못을 인정하시고, 1449년에는 시에나 주교가, 1456년에는 추기경이 되시고, 새로운 십자군을 일으킬 일념으로 1458년 교서 「피우스가 우리를 부르셨노라」를 내리시어 무심한 군주들을 만토바시로 소집하셨으나 부질없는 일이 되었고, 나중에야 합의가 도출되어 3년 기한의 십자군을 일으키기로 결정이 났지만 모두들 교황님 말씀을 못 들은 척하고, 그리하여 당신이 직접 지휘봉을 잡고 이를 공표하시어 베네치아는 헝가리와 제휴하고, 스칸더르베그가 투르크인들을 공격하고, 스테판 대왕이 그리스도의 대표 주자라는 칭호를 얻어 전 유럽에서 수천 명의 장정이 로마로 몰려왔음에도 군주들만 여전히 못 들은 척 관심을 보이지 않았고, 후에 교황님은 아시시와 앙코나에 납시고, 베네치아의 전선들이 늑장을 부리다 마침내 나타났을 때 임종을 맞이하시어, 〈오늘까지 내게 없었던 것은 함대였는데, 이제 내가 함대에 없는 사람이 되는구나〉라고 말씀하신 뒤 서거하시어 십자군도 교황님과 함께 사망했습니다. 페어웰이 말했다. 문인들은 늘 십자군을 망쳐 놓지. 내가 말했다. 교황님은 핀투리키오를 보호하셨습니다. 핀투리키오가 누구인지 도무지 모르겠는걸. 화가입니다. 그거야 알지만, 어떤 사람인가? 시에나 대성당의 프레스코화(畵)들을 그린 사람입니다. 자네 이탈리아에 가본 적 있나? 네. 모든 것이 가라앉는 법이고, 세월은 모든 것을 삼켜 버리지만, 제일 먼저 세월이 집어삼킬 사람들은 칠레인이라네. 바로 그렇습니다. 다른 교황의 내력도 아는가? 모두 다요. 하드리아누스 2세의 내력도? 867년에서 872년까지 교황으로 재임하시고, 흥미로운 이야기가 전해지는데, 로타르 2세가 이탈리아에 왔을 때 당신께서 그에게 전임 교황 니콜라우스 1세에게 파문당한 발트라다와 다시 관계를 가졌냐고 물으시자, 로타르 황제가 회동 장소인 몬테카시노 수도원 제단 앞까지 벌벌 떨면서 전진했고, 교황님은 제단 앞에서 태연자약하게 그를 기다리셨다고 합니다. 겁은 좀 났을걸, 페어웰이 말했다. 그렇습니다. 교황 란도의 내력은 어떻게 되지? 그 교황님에 대해서는 잘 알려져 있지 않습니다. 913년에서 914년까지 교황이셨고, 테오도라의 보호를 받다가 당신의 사망 후에 성좌(聖座)에 오르신 분을 주교로 임명하셨다는 이야기 말고는요. 그 교황은 이름이 아주 특이했지. 네, 그랬죠. 보게나, 중국 그림자극 상들이 사라졌군. 정말 그렇군요, 사라져 버렸어요. 정말 이상한 일이야, 무슨 일일까? 아마 우리는 결코 알지 못할 겁니다. 그림자도 없고, 이제 속도감도 없고, 네거티브 필름 속에 들어가 있는 듯한 그런 느낌도 받을 수 없는데 우리가 꿈이라도 꾼 것일까? 아마 우리는 결코 알지 못할 겁니다. 이윽고 페어웰이 음식 값을 치렀고, 나는 그를 집 앞까지 데려다 드렸다. 하지만 완전히 조난을 당한 기분이라 그를 따라 들어가고 싶지는 않았다. 산티아고 거리를 홀로 걸으면서 알렉산데르 3세, 우르바누스 4세, 보니파키우스 8세 생각을 했다. 상큼한 미풍이 정신 차리라는 듯 내 얼굴을 쓰다듬어 주었지만 온전히 제정신을 차리는 것은 불가능했다. 머릿속에 새들이 아련하게 우짖는 듯한 교황들의 목소리가 들렸기 때문이다. 내 의식 일부가 아직도 꿈을 꾸고 있다는 명백한 신호였다. 아니면 꿈의 미로에서 나오기 싫다는 명백한 신호였던지. 그 꿈의 미로는 늙다리 청년이 숨어 있는 군신(軍神) 마르스의 벌판이자, 지금은 죽고 없는 그 당시 시인들이 숨어 있는 마르스의 벌판, 망각되어 버릴 순간이 닥쳐오자 자신들의 성명과 검은 마분지를 오려 놓은 듯한 그림자와 파괴된 시집들을 안장한 가련한 납골당을 내 두개골 안에 건축 중인 벌판이었다. 늙다리 청년의 경우는 달랐다. 그 당시야 그는, 비가 많이 내리는 접경지대이자 조국에서 가장 크고 무시무시한 비오비오 강이 있는 남부 지방[24] 출신의 젊은이에 불과했다. 그러나 지금 나는 가끔 산티아고의 밤에 내가 페어웰의 집에서 멀

---

24 남부 지방에는 20세기 초까지만 해도 중앙 정부에 복속되지 않은 원주민들이 살고 있어서 비오비오 강 일대를 흔히 〈프런티어〉, 즉 접경지대라고 불렀다.

25 Jean Delville(1867~1953). 벨기에의 상징주의 화가로 기괴한 인물을 많이 그렸다.

어져 갈 때 냉혹한 시간이 파괴하고 있었고, 팔꿈치에 몸을 의지하여 몸을 일으켜 세우고 있는 오늘도 파괴하고 있고, 내가 더 이상 여기 없을 때도, 즉 내가 사라지거나 내 평판만 남아 있을 때도 파괴하고 있을 한 떼 거리의 칠레 시인들과 작품들이 늙다리 청년과 헛갈린다. 다른 이들의 평판이 고래나 민둥산, 혹은 배(船)나 한 줄기 연기의 궤적 또는 미로의 도시와 닮았듯이 내 평판은 석양을 닮았고, 그 평판은 거슴츠레한 눈꺼풀을 하고서 시간이 야기하는 잔잔한 경기(驚氣)와 온갖 파괴를 관조하리라. 어렴풋한 미풍처럼 마르스의 벌판을 누비고 있는 시간의 소용돌이 속에서, 내가 서평을 쓰고 비평을 쓴 작가들이 장 델빌[25]의 인물들처럼 질식해 가고 있다. 최후를 맞이하고 있는 칠레와 아메리카 작가들이 내 이름을 부르고 있다. 이바카체 신부, 이바카체 신부, 페어웰 집에서 경쾌한 발걸음으로 멀어져 갈 때 우리를 생각해 주오, 산티아고의 냉혹한 밤 속으로 성큼성큼 들어갈 때 우리를 생각해 주오, 이바카체 신부, 이바카체 신부, 우리의 야망과 갈망을 생각해 주오. 태양조차 파괴할 수 없는 시간의 환각적인 주름 속으로 들어갈 때, 즉 우리에게는 3차원적으로 지각되지만, 소르델로의 그림자 망루처럼, 어느 소르델로냐고?, 사실상 4차원이나 5차원적인 시간의 환각적인 주름 속으로 들어갈 때 공허하기 그지없는 우리 같은 인간이자 시민, 동포이자 작가를 생각해 주오. 다 멍청한 짓이야. 나는 알고 있다고. 바보 같은 짓. 우둔

한 짓. 우스꽝스러운 짓. 황당무계한 짓. 내 운명이 결정될 밤으로 접어드는 판국인데 내가 부르지도 않았건만 달려드는 (그것도 소란을 피우면서 말이야) 꼭두각시들. 나의 운명. 나의 소르델로. 내 빛나는 경력의 시작. 하지만 모든 일이 다 그리 쉽지만은 않았다. 나중에는 기도마저 지겨웠다. 나는 비평을 썼다. 시를 썼다. 시인들을 발굴했다. 그들을 예찬했다. 그들을 조난에서 구해 냈다. 나는 아마 칠레에서 가장 자유주의적인 오푸스 데이[26]였을 것이다. 지금 늙다리 청년이 노란색 모퉁이에서 나를 바라보며 소리 지르고 있어. 몇 마디 말이 들려. 나더러 오푸스 데이라는군. 나는 그에게 말하지. 내가 그 사실을 언제 감췄어? 하지만 확신하건대 그에게도 내 말이 들리지 않아. 내게도 그의 턱과 입술이 달싹거리는 것이 보이고, 소리를 지르고 있는 것은 알겠는데, 무슨 말인지는 안 들리거든. 내 침대가 열병의 굽이굽이를 항해하는 와중에 팔꿈치에 몸을 의지하고 속삭이는 내 모습은 그에게 보이지만 내 말은 들리지 않듯이. 그에게 말해 주었으면 좋겠어, 이렇게는 어디에도 다다르지 못한다고. 그에게 말해 주었으면 좋겠어, 공산당 시인들도 내가 우호적인 글을 써주기를 목매고 고대했다고. 나는 우호적인 글을 써주었어. 내가 속삭여 보지, 문명인이 되자고. 하지만 그에게는 들리지 않아. 그의 말이 이따금 똑똑히 들리

---

26 Opus Dei. 보수적이고 엄격한 로마 가톨릭 평신도 및 사제 조직. 철저한 자기 관리와 직업을 통해 가톨릭의 이상을 실천하고자 했다.

기도 해. 욕이지 뭐겠어. 내가 호모라고? 내가 오푸스 데이라고? 내가 호모 오푸스 데이라고? 이윽고 내 침대가 방향을 트는 바람에 그의 말이 더 이상 들리지 않는다. 아무것도 들리지 않는 건 얼마나 편안한 일인지. 팔꿈치에, 이 불쌍하고 지친 뼈다귀에 몸을 그만 의지하는 일은 정말 편안해. 침대에 드러누워 휴식을 취하며 회색빛 하늘을 바라보고, 성인들의 뜻에 따라 침대가 항해하도록 내버려 둔 채 눈을 반쯤 감고 옛날 생각을 하지 않고 심장 박동 소리만 듣는 일 말이야. 하지만 내 입술이 움직이더니 내가 계속 말을 하는 거야. 나는 오푸스 데이에 소속되어 있는 걸 결코 감춘 적이 없어. 늙다리 청년에게 한 말이지. 비록 이제는, 그가 내 등 뒤에 있는지, 옆에 있는지, 강변을 뒤덮은 홍수림(紅樹林) 사이로 사라져 버린 것인지 보이지 않지만 말이야. 나는 결코 그 사실을 감춘 적이 없어. 다들 그 사실을 알고 있었다고. 칠레의 모든 사람이 알던 일이야. 가끔씩 생각 이상으로 머저리 같은 그대만 모를 뿐이지. 침묵이 흐른다. 늙다리 청년은 대답이 없다. 멀리서 원숭이 떼가 한꺼번에 지랄 발광하는 듯한 소리가 들린다. 그래서 모포에서 한 손을 빼내어 강물에 담그고 이를 노 삼아 침대 방향을 힘겹게 튼다. 인도식 천장 선풍기처럼 네 손가락을 움직여서. 침대가 방향을 틀자 밀림, 본류와 지류들, 이제 회색빛에서 탈피한 눈부시게 푸른 하늘, 바람에 휩쓸려 가는 아이들처럼 내달리는 아주 작고 아스라한 구름 두 점만 보인다. 원숭이들의 수다는 사라졌다. 정말 좋군. 정말 조용해. 정말 평화로워. 또 다른 푸른 하늘을 떠올리기 적당한 평화, 바람에 휩쓸려 서쪽에서 동쪽으로 내달리는 또 다른 작은 구름들을 떠올리기 적당한 평화, 그리고 내 영혼에 일어나는 권태. 노란 거리와 푸른 하늘. 그에 순응하여 도심으로 접근하면 거리는 그 공격적인 노란 색깔을 잃어 가고 보도가 가지런히 깔려 있는 회색빛 거리로 변해 간다. 그 회색빛 바닥을 조금만 파내면 노란색이 있다는 것을 나는 알고 있지만 말이다. 그 점이 내 영혼에 낙담과 권태를 불러일으켰다. 낙담이 권태로 변하기 시작했을 수도 있다. 다들 알고 있지만 노란 거리와 눈부시게 푸른 하늘과 뿌리 깊은 권태의 시절이 분명히 있었고, 그 시절에 시인으로서의 나의 활동이 중단되었다. 아니 시인으로서의 나의 활동이 위태로운 변화를 겪게 되었다고 하는 것이 더 어울리는 표현일 것이다. 글쓰기는 계속했지만, 욕설과 저주, 아니 그 이상의 것으로 가득한 시들이라서 날이 새자마자 아무에게도 보이지 않고 찢어발기고 싶었을 정도였기 때문이다. 그 당시에야 그런 유별남을 영예로 여기는 사람들이 많기는 했지만, 내가 쓴 그 시들의 최종적 의미, 아니 내가 최종적 의미라고 믿고 싶었던 것이 나를 하루 종일 당혹감과 충격에 빠뜨렸다. 그리고 그 당혹감과 충격이 권태와 낙담과 공존하고 있었던 것이다. 권태와 낙담은 너무나 컸다. 당혹감과 충격은 그 정도는 아니었지만 전반적인 권태와 낙담 상태의 한구석에 새겨져 있었다. 상처 속에 또 상처가 난 것처럼. 나는 그래서 강의를 그만두었다. 미사 집전을 그만두었다. 아침마다 신문을 읽고 사제들과 기사에 대해 논하던 것을 그만두었다. 문학 작품 서평은 계속 썼지만 명쾌하게 글을 쓰지 않았다. 몇몇 시인이 접근해 내게 무슨 일이 있는지 물었다. 몇몇 사제는 내 영혼을 어지럽히는 것이 무엇인지 물었다. 나는 고해 성사를 드리고 기도를 했다. 그러나 잠 못 잔 것이 드러나는 내 얼굴이 나를 배신했다. 사실 그 시절 나는 잠을 아주 조금 잤다. 어떨 때는 세 시간, 또 어떨 때는 두 시간. 아침마다 나는 총장실에서 나대지(裸垈地)로, 나대지에서 변두리 동네로, 변두리 동네에서 산티아고 시내로 걸어갔다. 어느 날 오후 불량배 둘이 나를 덮쳤다. 돈이 없다네, 내가 말했다. 돈이 없기는, 망할 놈의 신부 같으니, 강도들이 대꾸했다. 나는 결국 지갑을 넘겨주어야 했고 그들을 위해 기도했다. 하지만 기도를 많이 드리지는 않았다. 내가 느끼던 권태는 잔인했다. 낙담은 그에 비할 정도는 아니었다. 그날부로 나는 산책로를 바꾸었다. 덜 위험한 지역들, 안데스 산맥의 장엄함을 관조할 수 있는 지역들을 택했다. 아직 공해 망토가 산맥을 가리지 않아서, 이 도시에서 아무 때나 산맥을 볼 수 있던 시절이었다. 나는 걸어서 쏘다니고 또 쏘다녔고, 가끔은 버스에 올라타 유리창에 머리를 바싹 대고 쏘다니고, 가끔은 택시를 타고 지랄같이 노란 권태와 지랄같이 눈부시게 푸른 권태 사이를 쏘다녔다. 시내에서 총장실까지, 총장실에서 라스콘데스까지, 라스콘데스에서 프로비덴시아까지, 프로비덴시아에서 이탈리아 광장과 포레스탈 공원까지, 그리고 시내로 또 총장실로 되돌아왔다. 바람에 펄럭이던 내 사제복, 내 그림자 같았던 사제복, 내 검은 깃발, 가볍게 풀을 먹인 내 음악, 정결하고 시커먼 의복, 칠레의 원죄들이 물에 빠져 다시는 떠오르지 않는 우물. 권태는 수그러들지 않았다. 심지어 정오가 되면 견딜 수 없을 정도가 되어 머리가 황당무계한 생각으로 가득 차버리는 날들이 있었다. 가끔은 추위에 떨면서 음료수 가게에 다가가 빌스[27]를 주문했다. 내가 높은 의자에 앉아 목 잘린 양의 눈을 하고 병 표면에 미끄러져 내리는 물방울을 쳐다보는 동안 내 내면에서는 물방울이 자연의 법칙을 거슬러 표면을 따라 병 입구로 거슬러 올라가는 불가능한 광경을 보고자 하는 삐딱한 생각을 하고 있었다. 그러면 나는 눈을 감고 기도를 하거나 기도하려고 애썼지만, 오한 때문에, 한여름의 태양에 자극받아 중앙 광장을 이리저리 뛰어다니는 아이들과 청소년들 때문에, 사방에서 들려오다가 나의 패배에 대한 가장 정확한 논평으로 변모하는 웃음소리들 때문에 몸이 떨렸다. 이윽고 나는 차가운 빌스를 몇 모금 마시고 또다시 걷기 시작했다. 내가 먼저 오데임 씨를, 그리고 오이도 씨를 알게 된 것은 그 시절이었다. 두 사람은 내가 결코 만날 기회가 없었던 한 외국인의 투자로 수출입 회

---

27 청량음료의 일종.

사를 운영하고 있었다. 홍합 통조림을 만들어 프랑스와 독일에 보내는 일이었던 것 같다. 나는 어느 노란 거리에서 오데임 씨를 처음 보았다(오데임 씨가 나를 본 것일 수도 있다). 추워서 죽을 지경이었는데 누군가가 나를 불렀다. 뒤돌아서자 그가 보였다. 중년의 나이, 보통 키, 마르지 않은 몸, 유럽인보다는 원주민의 특징이 그저 약간 더 두드러진 평범한 얼굴, 밝은색 정장에 아주 세련된 모자를 쓴 그가, 등 뒤에 줄줄이 이어진 크리스털이나 플라스틱 표찰(標札)에 대지가 투영되고 있는 가운데, 비교적 가까운 곳에 있는 노란 거리 한가운데에서 내게 손짓을 했다. 나는 한 번도 본 적 없는 사람이건만, 그는 나를 평생 알고 지낸 사람 같았다. 가르시아 에라수리스 신부와 무뇨스 라기아 신부가 내 이야기를 했다고 했다. 내가 높이 평가하고 도움도 많이 받은 분들인데, 유럽에서 수행해야 할 까다로운 일에 이 현자들이 나를 거리낌 없이 열렬히 추천했다는 것이다. 구대륙 장기 여행이 내가 이미 잃어버린 즐거움과 활력, 또 아물지 않는 상처가 되어 마침내는 나의 죽음, 최소한 정신적 죽음으로 귀결될 것처럼 눈에 띌 정도로 급속히 계속 잃어버리고 있는 즐거움과 활력을 다소나마 되돌려 주는 데 안성맞춤이라고 생각들을 하신 것이다. 처음에는 당황스러웠고 거부감이 들었다. 오데임 씨의 관심사는 나와는 딴판일 테니. 하지만 그의 차에 오르는 것을 수락하고 반데라 가의 미 오피시나라는 식당에 따라갔다. 그곳에서 오데임 씨는 나를 찾아올 작정을 하게 된 진짜 이유는 밝히지 않고, 당시 내가 자주 만나던 페어웰 및 새로운 경향의 시를 쓰는 칠레 시인들을 비롯해 내가 아는 사람들 이야기만 했다. 내 세계, 즉 내 종교적인 성향뿐만 아니라 투표 성향, 심지어 내가 투고하는 신문사 편집국장을 언급하면서 내 일에 관해서도 잘 알고 있다는 것을 보여 주려는 의도였다. 하지만 오데임 씨는 그들 모두를 피상적으로만 알고 있는 것이 분명했다. 그러고 난 후 오데임 씨는 미 오피시나 주인과 몇 마디 말을 주고받았고, 이유는 잘 모르겠지만 우리는 식당을 급히 나설 수밖에 없었다. 우리는 팔짱을 끼다시피 한 채 근처 거리를 걸어가 다른 식당에 이르렀다. 훨씬 더 작고 덜 침침한 식당이었는데 오데임 씨는 거의 주인처럼 환대를 받았고, 이것저것 많이 먹기에는 별로 적당하지 않은 바깥의 더위도 아랑곳하지 않고 우리는 실컷 먹었다. 오데임 씨는 커피는 카페 아이티에서 마시자고 고집했다. 부사장, 부단장, 부실장, 부국장 등 산티아고 도심에서 일하는 잡다한 패거리들이 모여드는 타락한 카페인데도 말이다. 물론 스탠드 테이블에 팔꿈치를 괴고 서서, 혹은 넓은 매장에 흩어져 서서 커피를 마시는 훌륭한 취향이 존재하는 곳이기는 하다. 내 기억에 아이티는 매장 전면이 천장에서 거의 바닥까지 이르는 대형 유리 두 장으로 되어 있어서, 그 안에서 한 손에는 작은 커피 잔을, 또 한 손에는 서류철이나 빛바랜 가방을 들고 서 있는 사람들은 행인들의 구경거리가 되기 마련이다. 아이티 앞을 지나면서, 가히 전설적인 불편한 자세로 그 안에 들어차 있는 이들을 곁눈질조차 하지 않는 것은 인간적으로 불가능하다. 나는 그 동굴로 끌려 들어갔다. 이미 얼마간 이름이 나 있는 내가, 이름 두 개가 명성을 얻은 내가, 몇몇 적과 많은 친구가 있는 내가 말이다. 나는 저항하고 거부하고 싶었지만, 오데임 씨는 필요하면 설득력을 발휘하는 사람이었다. 나는 아이티 한쪽 구석에 처박혀 유리창을 통해 들여다보는 눈길을 털어 내지도 못하고, 후원자인 오데임 씨가 김이 모락모락 나는 커피를, 잡것들에 따르면 산티아고 최고의 커피 두 잔을 바 테이블에서 가져오기를 기다리면서, 이 신사의 제안이 무엇일지 생각했다. 오데임 씨가 내 옆으로 돌아왔고, 우리는 서서 커피를 마시기 시작했다. 그가 말을 했다는 기억이 난다. 말을 하고 미소를 지었다. 하지만 아무것도 들리지 않았다. 부비서들의 목소리가 울려 퍼져서 다른 목소리가 들릴 여지가 없었거든. 다른 사람들처럼 몸을 기울여 상대방 입에 귀를 갖다 댈 수도 있었으나 그냥 있었다. 그냥 알아듣는 척하고, 의자 없는 매장 여기저기에 눈길을 보냈다. 몇몇 사람은 눈길을 되돌려 주었다. 몇몇 사람의 얼굴에서는 커다란 고통 같은 것을 발견했다. 속으로 말했다, 돼지들도 고통을 겪는군. 이내 그런 생각을 한 것을 후회했다. 그래, 돼지들도 고통을 느끼지. 그 고통이 그들을 숭고하게 하고 정갈하게 하는 거니까. 표지등이 내 머릿속에, 아니 어쩌면 내 신앙심 내부에 켜졌다. 돼지들 역시 신의 영광을 찬미하는 찬송가야. 찬송가가 아니라면, 찬송가라고 말하는 것은 과장이겠지만, 살아 있는 모든 것에 경하를 드리는 흥얼거림이나 타령이나 후렴구겠지. 나는 다른 사람들의 대화를 들어 보려고 했다. 불가능했다. 그저 칠레 억양의 말이 토막토막 들릴 뿐이었다. 아무 의미 없는 말들이었지만 그 자체만으로 내 동포들의 낮은 수준과 무한한 절망을 담고 있었다. 이윽고 오데임 씨가 내 팔을 잡았고, 나도 모르는 사이 나란히 거리를 걷고 있었다. 내 동업자인 오이도 씨를 소개해 드리리다, 그가 말했다. 귀가 윙윙거리더군. 그의 말을 처음으로 듣는 느낌이었어. 우리는 노란 거리를 걸었다. 가끔 검은 안경을 쓴 남자나 머리에 스카프를 쓴 여성이 건물 입구로 몸을 감추고는 했지만 거리에는 별로 사람이 없었다. 그의 수출입 사무실은 4층에 있었다. 승강기는 작동하지 않았다. 약간의 운동이 해롭기야 하겠어요, 소화제가 되겠죠, 오데임 씨의 견해였다. 나는 그를 따라갔다. 안내 데스크에는 아무도 없었다. 비서는 점심 먹으러 나갔어요, 오데임 씨가 말했다. 내 후원자가 가운뎃손가락 두 번째 마디로 동업자 방의 반투명 유리를 똑똑 두들기는 동안 나는 조용히 숨을 몰아쉬고 있

---

28 스페인로 〈oído〉는 〈귀〉, 〈청각〉이라는 뜻이고 강세 표시에 따라 〈이〉를 강하게 발음한다. 반면 이 등장인물의 이름은 Oido로 앞의 〈오〉에 강세가 온다. 두 인물의 이름 오데임 Odeim과 오이도 Oido는 거꾸로 읽으면 각각 공포와 증오를 뜻하는 〈미에도 miedo〉와 〈오디오 odio〉가 된다. 피노체트 시대의 사회 분위기를 풍자한 이름인 셈이다.

었다. 카랑카랑한 목소리가 들어오라고 했다. 들어갑시다, 오데임 씨가 말했다. 오이도 씨는 철제 책상 뒤에 앉아 있다가 내 이름을 듣자 일어서서 책상을 돌아나와 반갑게 인사를 했다. 마르고 금발에 창백하고, 이따금 라벤더 화장수를 바르기라도 하는 듯 광대뼈가 발그레했다. 그러나 라벤더 화장수 냄새는 나지 않았다. 오이도 씨는 우리에게 앉으라고 청하고, 나를 위에서 아래로 훑어보더니 책상 뒤 자기 자리로 되돌아갔다. 저는 오이도라고 합니다. 오이도지 오이도가 아니에요.[28] 잘 알겠습니다, 내가 대답했다. 당신이 우루티아 라크루아 신부님이시군요. 바로 그렇습니다, 내가 말했다. 오데임 씨는 내 옆에서 빙그레 웃으며 잠자코 고개를 끄덕였다. 〈우루티아〉는 바스크 지방 기원의 성씨죠? 네 그렇습니다. 〈라크루아〉는 물론 프랑스에서 유래한 성씨고요? 오데임 씨와 나는 동시에 그렇다고 답했다. 신부님, 〈오이도〉는 어디에서 유래한 성인지 아시나요? 모르겠는데요. 알아맞혀 보십시오, 오이도 씨가 말했다. 알바니아 성인가요? 썰렁해요, 썰렁해, 그가 말했다. 잘 모르겠습니다. 핀란드입니다, 오이도 씨가 말했다. 반은 핀란드, 반은 리투아니아 성이 확실합니다, 오데임 씨가 말했다. 아주 옛날에는 리투아니아인과 핀란드인 사이에 교역이 꽤 활발했습니다. 그들에게 발트 해는 일종의 다리나 강 혹은 무수히 많은 검은 다리가 놓여 있는 개천이었거든요, 상상을 해보세요. 상상이 가는군요, 내가 말했다. 오이도 씨가 미소를 지었다. 상상이 가신다고요? 네, 그렇습니다, 내가 답했다. 검은 다리라, 그렇군요, 오데임 씨가 옆에서 중얼거렸다. 작은 핀란드인과 작은 리투아니아인이 그 다리들을 부지런히 건너다녔죠, 오이도 씨가 말했다. 밤낮으로요. 달빛을 받으며 혹은 보잘것없는 횃불을 밝혀 들고 말입니다. 아무것도 보이지 않는데 기억을 더듬어서요. 그 위도에서는 추위가 뼛속까지 파고드는데 그것도 느끼지 못하고, 전혀 아무것도 느끼지 못하고 그저 살아 움직이면서 말입니다. 심지어 자신들이 살아 있다는 것도 느끼지 못하면서요. 발트 해를 이쪽저쪽으로 건너다니는 일상에 고착되어 움직일 뿐입니다. 당연한 일이죠, 내가 말했다. 당연한 일이라고요?, 오이도 씨가 말했다. 나는 또 한 번 고개를 끄덕였다. 오데임 씨는 담뱃갑을 꺼내 들었다. 오이도 씨는 10년 전에 완전히 담배를 끊었노라고 말했다. 나는 오데임 씨가 건네는 담배를 거절했다. 내게 제안하려는 일이 무엇인지 물어보았다. 일이라기보다 장학금입니다, 오이도 씨가 말했다. 우리는 수출입 업무에 종사하지만 다른 일에도 손을 대고 있습니다, 오데임 씨가 말했다. 구체적으로 말하자면, 지금 우리는 대교구의 연구원을 위해 일하고 있습니다. 연구원에 문제가 생기면 우리가 그 문제를 해결하는 데 알맞은 사람을 구하죠, 오이도 씨가 말했다. 연구원은 연구를 수행할 사람이 필요하고, 우리는 적합한 사람을 구하고 있습니다. 연구원이 사람이 필요하니 우리가 맡아 해결책을 찾아 주는 셈이죠. 제가 적합한 사람이라는 건가요?, 내가 물었다. 신부님, 당신처럼 두루두루 요건을 갖추신 분도 또 없습니다, 오이도 씨가 말했다. 대체 이게 무슨 일인지 설명해 주시면 고맙겠습니다, 내가 그들에게 말했다. 오데임 씨는 이상한 표정으로 나를 바라보았다. 그가 뭐라고 하기 전에, 나는 제안을 다시 들어 보았으면 좋겠다고, 하지만 이번에는 오이도 씨의 입을 통해서 들었으면 한다고 말했다. 오이도 씨는 기꺼이 이야기해 주었다. 대교구 연구원이 성당 보존 연구를 해줄 사람이 있으면 한다는 것이었다. 칠레에서는 당연히 이 주제에 대해 아무도 모른다면서. 반면 유럽에서는 연구가 상당히 진전되었고 하느님의 집들의 퇴락을 억제할 확고한 해결책을 벌써 언급하고 있는 경우도 있다는 것이었다. 내가 할 일은 유럽에 가서 퇴락 방지 대책의 선두 격(格) 성당들을 방문하고, 그들의 상이한 방법을 비교하고, 보고서를 쓰고 돌아오는 것이었다. 얼마 동안이었냐고? 유럽 여러 나라를 돌아다니면서 1년까지 지낼 수 있었다. 1년 뒤에 일이 끝나지 않으면 반년 더 연장할 수 있었다. 매달 내 봉급을 고스란히 지급하고, 유럽에서 발생할 추가 지출을 별도로 보전(補塡)해 준다는 것이었다. 잠은 호텔이나 구대륙 전역에 흩어져 있는 교구 숙박 시설 아무데서나 잘 수 있었다. 물론 그 일은 나를 위해 일부러 만든 일 같았다. 나는 그 일을 받아들였다. 그날부터 나는 내 유럽 체류에 필요한 서류들을 챙기는 일을 맡은 오이도 씨와 오데임 씨를 계속 만났다. 하지만 그들과 가까워졌다고는 말할 수 없다. 두 사람이 유능하다는 것은 금방 깨달았지만 교양이 모자랐다. 즐겨 암송하는 네루다의 초기 시 두 편을 제외하고는 문학에 대해서도 전혀 몰랐다. 하지만 나로서는 해결 불가능할 것 같은 행정적인 문제들을 해결할 줄 알았고, 내 새로운 목적지로 향하는 길을 다져 주었다. 떠나는 날이 다가오자 나는 점점 초조해졌다. 시간을 내어, 그렇게 큰 행운을 믿지 못하는 친구들과 작별 인사를 나누었다. 신문사와는 서평과 문학 관련 글을 유럽에서 계속 보내 주기로 합의를 보았다. 어느 날 아침 나는 노모에게 작별 인사를 드리고 발파라이소행(行) 열차를 탔다. 그곳에서 제노바-발파라이소 노선을 다니는 이탈리아 국적의 도니체티호(號)에 올랐다. 기나긴 여정이었고 기력을 되찾을 수 있었다. 사람들과 교분도 나눠서 오늘날까지 지속되는 관계도 있다. 비록 이제는 퇴색되고 예의만 갖추는 단계, 즉 크리스마스카드나 때맞춰 보내는 단계가 되었지만 말이다. 배는 여러 곳을 경유해서, 갑판 위에서 우리들의 영웅적인 모로 언덕[29]의 사진을

---

29 칠레와 페루, 볼리비아 사이의 태평양 전쟁(1879~1883)에서 칠레가 1880년 6월 중요한 승리를 거둔 곳이다.
30 실바José Asunción Silva(1865~1896)는 콜롬비아의 시인이며, 「야상곡Nocturno」은 그의 대표작으로 그가 사랑했다고 전해지는 누이가 죽은 후에 쓴 환각적인 작품이다.
31 파나마 운하의 대서양 쪽 출구에 인접해 있는 도시들. 콜럼버스의 스페인식 성명인 크리스토발 콜론의 성과 이름을 각각 도시 이름으로 삼았다.

찍은 아리카를 들르고, 카야오와 과야킬(적도를 지날 때 나는 전 승객을 위해 미사를 집전하는 기쁨을 향유했지)에 기항(寄港)했다. 배가 부에나벤투라에 정박했을 때는 콜롬비아 문학에 대한 자그마한 경의의 표시로 호세 아순시온 실바의 「야상곡」[30]을 별이 빛나는 밤에 낭송하여 열렬한 박수를 받았다. 스페인어를 완전히 이해하지는 못해도 그 자살한 시인의 시어에 담긴 그윽한 음악성을 깨달은 이탈리아인 상급자 선원들에게도 심지어. 아메리카의 허리 파나마, 걸인들이 내게 도둑질을 하려다가 헛수고를 한 두 동강 난 크리스토발과 콜론,[31] 바삐 돌아가고 석유 냄새가 진동하는 마라카이보 등등의 도시들도 지났다. 그 후 우리는 대서양을 건넜다. 사람들의 요청으로 전 승객을 위한 미사를 다시 집전하기도 하고, 사흘간의 풍랑 때문에 많은 사람이 고해 성사를 하고 싶어 하기도 했다. 리스본에 잠시 들렀을 때 나는 배에서 내려 항구에서 발견한 첫 번째 성당에서 기도를 드렸다. 그 후 도니체티호는 말라가와 바르셀로나를 들러 어느 겨울날 아침 마침내 제노바에 도착했다. 나는 새로 사귄 친구들과 작별 인사를 나누고, 그들 중 몇 사람을 위해 배의 도서실에서 미사를 집전했다. 떡갈나무 목재 바닥, 티크 목재를 사용한 벽, 천장의 크리스털 등, 푹신푹신한 안락의자들이 있는 도서실, 모든 상처가 치유되어 마침내 나의 본능, 즉 독서에의 열정을 되찾아 그리스와 로마의 고전 작가들과 칠레 현대 작가들에 빠져 오래오래 행복한 시간을 보낸 도서실이었다. 배가 바다와 바다의 석양과 대서양의 끝없는 밤하늘을 가르는 동안, 나는 바다와 독한 술과 책과 고독의 냄새를 맡으면서 그 고상한 나무 방에 편안하게 앉아 독서를 했고, 그 행복한 시간은 아무도 도니체티호의 갑판을 감히 거닐지 않을 시간까지 이어지고는 했다. 죄를 짓고 있는 그림자들이야 있었지만 그들도 내 독서를 방해하지 않으려고 무척 신경을 썼다. 행복, 행복, 되찾은 즐거움, 진정한 의미의 기도, 구름을 뚫고 올라가는 나의 기도. 구름 위에는 오직 음악만 존재하지, 우리가 천사의 합창이라고 부르는 음악이. 그곳은 인간의 공간은 아니지만 상상 속에서나마 우리 인간이 거주할 수 있는 유일한 공간이요, 우리가 기거할 수 없는 공간이지만 기거할 만한 가치가 있는 유일한 공간이요, 우리가 우리이기를 그만두겠지만 진정한 우리가 될 수 있는 유일한 공간이다. 그 후 나는 굳건한 대지를 밟았다, 이탈리아 땅을. 도니체티호에게 작별 인사를 건네고, 홀가분한 영혼으로, 또 확신과 결심과 신앙심이 가득한 상태로 일을 제대로 해볼 작정으로 유럽의 거리로 들어섰다. 처음 방문한 성당은 피스토이아 시(市)에 있는 성모 마리아 성당이었다. 나이 지긋한 교구 신부가 있으리라고 생각했는데 아직 서른이 안 된 사제가 나를 맞이해주어서 상당히 놀랐다. 피에트로라는 이름의 그 신부는, 오데임 씨가 편지를 보내 내 방문을 알렸으며, 피스토이아에서는 환경 오염보다는 날짐승에 의한 오염,

구체적으로 말하자면 비둘기 똥이 위대한 로마네스크 유적이나 고딕 유적의 주요 파괴자라고 설명해 주었다. 피스토이아를 비롯해 유럽의 수많은 도시와 마을에서 비둘기가 기하급수적으로 증가했다는 것이다. 이에 대해서는 확실한 해결책이 있었다. 실험 단계에 있는 무기였는데 피에트로 신부가 다음 날 보여 주었다. 그날 밤 성기(聖器) 부속실에서 자다가 계속 잠에서 깨던 생각이 난다. 그러면서 내가 배에 있는지 아니면 칠레에 있는지, 칠레에 있다면 가족의 집에 있는지, 학교 사택에 있는지, 친구 집에 있는지 헛갈렸다. 순간순간 내가 유럽의 어느 성기 부속실에 있다는 걸 깨달았지만, 그 방이 유럽 어느 나라에 있는지 또 내가 거기서 무엇을 하는지 정확하게 알 수 없었다. 아침에 교구 가정부가 나를 깨웠다. 안토니아라고 불리던 그녀가 내게 말했다. 신부님, 피에트로 신부님이 기다리고 계세요. 빨리 나오시지 않으면 화를 내실 겁니다. 그래서 세수를 하고 사제복을 걸치고 사택 뜰로 나갔더니, 피에트로 신부가 내 옷보다 더 빛나는 사제복을 입고 왼손에는 가죽과 금속으로 만든 두툼한 장갑을 끼고 있었다. 나는 상공에서, 높이 솟은 황금빛 담장 사이로 보이는 네모난 하늘에서 그림자 같은 새를 보았다. 피에트로 신부가 나를 보더니 말했다. 종루로 올라갑시다. 나는 말없이 그의 뒤를 따랐고, 둘 다 침묵 속에서 용을 쓰며 종탑을 올랐다. 종루에 다다랐을 때 피에트로 신부가 휘파람을 불면서 팔을 휘저으니, 하늘에 떠 있는 그림자가 종루로 내려와 그가 왼손에 낀 장갑 위에 앉았다. 신부의 설명을 듣지 않았음에도, 성모 마리아 성당 위를 날고 있던 거무스름한 새가 매이고, 피에트로 신부가 매사냥의 달인이 되었으며, 그것이 그 오래된 성당이 비둘기 소탕에 이용하는 방법이라는 것을 깨달았다. 종루 위에서 안뜰로 연결되는 계단과 성당 옆에 있는 검붉은 벽돌이 깔린 광장을 보았지만 비둘기 한 마리 볼 수 없었다. 오후에 교구 신부이자 매사냥꾼인 피에트로 신부는 피스토이아의 다른 곳으로 나를 데려갔다. 그곳에는 세월의 흐름을 막아야 할 종교적 건물이나 민간 유적 등은 전혀 없었다. 우리는 성당의 밴을 타고 갔다. 목적지에 도착했을 때 피에트로 신부는 매를 꺼내어 하늘로 날렸다. 매가 하늘로 날아올라 비둘기를 덮치자, 날고 있던 비둘기가 경련을 일으키는 것이 보였다. 사회 보장 시설인 어느 건물 창문이 열리더니 한 노파가 무어라 소리를 지르며 주먹을 쥐고 우리를 위협했다. 피에트로 신부는 미소를 지었다. 우리들이 입고 있던 사제복은 바람에 물결을 쳤다. 돌아오는 길에 신부는 매 이름이 투르코라고 했다. 그 후 나는 기차를 타고 토리노로 가서 역시 매사냥의 달인인, 성 바울로 성당의 안젤로 신부를 만났다. 그의 매는 오셀로라고 불리며, 토리노 전체의 비

32 조르주 베르나노스Georges Bernanos(1888~1948)와 프랑수아 모리아크François Mauriac(1885~1970)는 프랑스 소설가이며, 그레이엄 그린Graham Greene(1904~1991)은 영국 소설가이다. 이들은 모두 가톨릭적 입장에서 작품을 쓴 작가들이다.

둘기들을 공포로 몰아넣고 있었다. 그러나 안젤로 신부 말로는 오셀로 외에도 다른 매가 있었다. 그가 잘 모르는 토리노의 어느 동네, 아마도 남쪽 지구에 다른 매가 살고 있고, 오셀로가 공중을 날다가 가끔 그 매와 조우한 적이 있다고 생각할 만한 충분한 이유가 있었다. 두 마리 매는 각각 비둘기를 포획했고, 원칙적으로 서로 두려워할 이유가 없었지만 안젤로 신부는 그들이 한판 붙을 날이 멀지 않다는 생각이었다. 나는 토리노에서 피스토이아에 있을 때보다 더 오래 머물렀다. 그다음에는 야간열차를 타고 스트라스부르로 갔다. 그곳의 조제프 신부에게는 크세노폰이라는 이름의 매가 있었는데 아주 검푸른 색이었다. 신부는 이따금 매와 함께 미사를 집전했다. 매는 파이프 오르간 제일 높은 곳인 황금빛 관 위에 앉아 있었기에, 내가 가끔 무릎을 꿇고 주님의 말씀을 들을 때면 목덜미에 꽂히는 매의 시선이 느껴졌다. 그래서 집중이 잘 되지 않아, 조제프 신부가 늘 읽던 베르나노스와 모리아크를 생각하고, 그레이엄 그린도 생각했다. 프랑스인들은 프랑스 작가만 읽기 때문에 그린은 나만 읽었다.[32] 한번은 늦게까지 그린에 대해서 신부와 이야기를 나누었지만 우리 둘 사이에 접점이 없었다. 우리는 마그레브의 사제이자 순교자인 뷔르송에 대해서도 이야기를 나누었다. 그의 삶과 사도로서의 활동에 대해서 뷔이야맹이 쓴 책을 조제프 신부가 빌려 주었다. 걸인 사제 아베 피에르에 대해서도 이야기를 나누었는데, 조제프 신부는 그를 일요일에는 좋아하다가 월요일에는 싫어했다. 그 후 나는 스트라스부르를 떠나 아비뇽의 성모 마리아 성당으로 갔다. 파브리스 신부의 교구였는데, 타 괼[33]이라고 부르는 그의 매는 먹성과 잔혹함 때문에 인근에서 소문이 뜨르르했다. 타 괼이 날아올라 비둘기 떼는 물론이고, 그 머나먼 옛날 행복했던 시절의 프로방스, 소르델이 주유(周遊)했던, 소르델로, 어느 소르델로냐고?, 그 땅에 무수히 많았던 찌르레기 떼까지 박멸해 버리는 동안, 파브리스 신부와 나는 잊지 못할 오후들을 보냈다. 타 괼은 날아올라 낮게 떠 있는 구름들, 얼룩이 져 있으면서도 순정(純正)한 아비뇽의 언덕들을 타고 내려오는 구름들 사이로 사라졌고, 파브리스 신부와 나는 대화를 나누었다. 타 괼이 번갯불처럼 혹은 번개의 추상(抽象)처럼 다시 나타나더니, 아무렇게나 날갯짓을 하며, 하늘을 검게 물들이고 있는 파리 떼처럼 서쪽 하늘에 나타난 대규모 찌르레기 떼를 덮쳤다. 채 몇 분이 되기 전에 찌르레기들의 날갯짓은 피로 물들고, 산산이 부서지고, 또 피로 물들었다. 덕분에 아비뇽 교외의 석양은 강렬한 붉은색으로 물들었다. 비행기 창문을 통해 보는 것 같은 붉은 석양, 귓가에 울리는 엔진 소리에 살포시 잠에서 깨어나 커튼을 젖혔을 때 발견하는 혈관 같은 여명의 붉은 선, 조금씩 부풀어 오르는 지구의 대퇴골 혈관, 지구의 대동맥 같은 그 혈관. 내가 아비뇽 하늘에서 본 것은 그 혈

33 〈타 괼*Ta gueule*〉은 프랑스어로 〈닥쳐!〉라는 뜻이다.

관, 찌르레기들의 핏빛 날갯짓, 타 골이라는 추상적인 표현주의 화가의 팔레트를 방불케 하는 움직임이었다. 아, 평화, 자연의 조화가 아비뇽에서처럼 그렇게 명백하고 뚜렷한 적이 없었으니. 이윽고 파브리스 신부가 휘파람을 불었고, 우리는 오직 심장 박동으로만 측정 가능한 형용할 수 없는 시간을 기다렸다. 마침내 매가 파득거리며 신부의 팔에 앉았다. 그 후 나는 커다란 슬픔을 느끼며 아비뇽을 떠나 기차를 타고 스페인 땅으로 갔다. 물론 처음 들른 곳은 팜플로나였다. 그곳은 별로 흥미롭지 않은 방법으로 성당 건물들을 관리했다. 아니 어쩌면 전혀 관리하지 않은 셈이었지만 나는 그곳에서 오푸스 데이 형제들에게 예우를 표해야 했다. 그들은 나를 오푸스 데이 편집자들과 부속 학교 교장들과 대학 총장에게 소개해 주었다. 다들 문학 비평가이자 시인이자 교육자인 나의 작업에 관심을 보이고 책을 한 권 내자고 제안했다. 이렇게 스페인 사람들은 친절했다. 그들은 또한 격식도 갖출 줄 알아서, 나는 다음 날 정식으로 계약서에 사인을 했다. 그들은 오데임 씨가 직접 써서 내게 보낸 편지를 건네주었다. 유럽은 어떤지, 기후와 음식과 역사적 유물은 어떤지 묻는 우스꽝스러운 편지였지만, 행간에 숨은 의미가 있는 진지한 내용이 담겨 있는 것 같아서 신경이 곤두섰다. 은폐된 내용이 무엇인지도 모르겠고, 우스꽝스러운 편지의 행간에 은폐된 내용이 진짜로 존재하는 것인지도 확신할 수 없었지만. 그 후 포옹과 당부 등 오만 가지

정감 어린 작별 인사를 나눈 뒤 팜플로나를 떠나 안토니오 신부가 기다리고 있는 부르고스로 갔다. 그는 로드리고라는 매를 소유하고 있는 늙은 사제였다. 로드리고는 비둘기 사냥을 하지 않았다. 안토니오 신부가 나이 때문에 매와 함께 사냥에 나설 수 없기도 했지만, 초기에는 열정적이던 그가 점차 매사냥에 회의를 느꼈기 때문이기도 하다. 배설물이 문제이기는 하지만 비둘기 역시 신의 피조물인데 그렇게 편의적으로 없애 버리는 것이 옳은가 하는 생각이 든 것이다. 그래서 내가 부르고스에 갔을 때 로드리고는 다지거나 간 고기, 안토니오 신부 혹은 그를 시중드는 여인이 시장에서 구입하는 간, 심장, 기타 부위 등 내장 종류만 먹었다. 활동 중단으로 로드리고는 통탄할 만한 상태가 되어 있었다. 회의, 그리고 최악의 후회인 때늦은 후회에게 뺨을 물어뜯겨 버린 안토니오 신부처럼 노쇠해 버린 것이다. 내가 부르고스에 갔을 때, 안토니오 신부는 커다란 석조 방에서 조잡한 담요를 덮은 채 가난한 사제용 간이침대에 몸져누워 있었고, 매는 고깔모자를 쓰고 방 한구석에서 추위에 떨고 있어서 이탈리아와 프랑스에서 보았던 매들의 우아함이라고는 눈곱만큼도 없었다. 가련한 매와 가련한 신부 둘 다 망가져 버린 것이다. 안토니오 신부는 나를 보고는 팔꿈치에 의지하여 몸을 일으키려 했다. 마치 세월이 흐른 뒤에, 영겁의 세월이 흐른 뒤에, 늙다리 청년이 회오리바람처럼 나타난 것을 보고 2, 3분 뒤에 내가 그랬듯이. 나는 닭 다리처럼 바싹 마른 안토니오 신부의 팔꿈치와 팔을 보았고, 그는 자기가 보기에는 〈매의 이용〉이 좋은 생각이 아닌 것 같다고 말했다. 매가 비둘기 배설물의 부식 효과와 장기적인 파괴 효과로부터 성당을 보존해 주기는 하지만, 비둘기는 성신(聖神)의 현세적 상징임을 염두에 두어야 한다는 것이었다. 가톨릭교회는 성자와 성부를 배제할 수는 있어도, 신도들의 생각 이상으로 훨씬 더 중요한 성신, 십자가에 못 박혀 돌아가신 성자보다, 또 별과 땅과 우주 전체의 창조주이신 성부보다 더 중요한 성신을 배제할 수는 없다고 말했다. 부르고스 신부의 이마와 관자놀이를 만져 보았더니 열이 적어도 40도는 되리라는 것을 금방 알 수 있었다. 나는 시중드는 여인을 불러 의사를 모셔 오라고 보냈다. 그리고 의사를 기다리는 동안, 고깔모자를 쓰고 횃대에 앉아 추위에 죽어 가고 있는 듯한 매를 관찰했다. 그대로 두어서는 안 되겠다 싶어서 성기실에서 발견한 다른 담요로 먼저 안토니오 신부의 몸을 감싸 준 뒤에, 장갑을 찾아내 매를 데리고 뜰로 나가 쾌청하고 싸늘한 밤하늘을 바라보았다. 그리고 고깔모자를 벗겨 내고 매에게 말했다. 날아라, 로드리고. 로드리고는 세 번째 명령에 날아올랐고, 점점 힘차게 날아오르는 것이 보였고, 날갯짓은 풍차의 금속 날개처럼 커다란 소리를 자아냈다. 그때 허리케인 같은 바람이 불어서, 하늘로 치솟아 오르던 매는 기우뚱하고 내 사제복은 격노한 깃발처럼 펄럭였다. 그래서 내가, 날아라, 로드리고 하고 다시 소리친 기억이 나고, 건강하지 못한 날갯짓 소리가 여러 차례 들리고, 바람이 성당과 그 주변을 쓸어 버리는 동안 사제복 자락이 내 두 눈을 덮어 버렸다. 얼굴을 가린 두건을 벗었을 때, 땅바닥에 어지럽게 널려 있는 물건들을 목격할 수 있었다. 매가 사라지기 전 내 발밑에, 아니 반경 10미터 안에 쌓아 놓은 피투성이 비둘기들이었다. 그날 저녁 로드리고는 다른 매들이 새를 잡아먹고 산다는 부르고스의 밤하늘로 사라져 버린 것이 확실하다. 내 잘못이었는지도 모른다. 성당 뜰에 머물러 있으면서 로드리고를 불러야 했다. 그랬으면 매가 되돌아왔을지도 모르기 때문이다. 그러나 그때 성당 안쪽에서 끈질기게 종이 울렸고, 마침내 내게 종소리가 들렸을 때 의사와 시중드는 여인이라는 사실을 알아챘고, 문을 열어 주려고 그 자리를 떠났고, 다시 뜰로 돌아왔을 때는 이미 매가 사라지고 없었다. 그날 저녁 안토니오 신부는 숨을 거두었고, 나는 그의 영혼에 축복을 내리고 다음 날 다른 사제가 올 때까지 현실적인 일을 도맡았다. 새로운 사제는 로드리고가 없는 것을 아쉬워하지 않았다. 시중드는 여인도 아마 그랬는지, 그 일은 자신에게 중요하지 않다고 말하는 듯한 눈길로 나를 쳐다보았다. 안토니오 신부가 죽은 후에 내가 매를 풀어 주었거나 그의 지시로 매를 죽여 버렸다고 생각했을지도 모르겠다. 어쨌든 그녀는 아무 말도 하지 않았다. 다음 날 나는 부르고스를 떠나 마드리드로 갔다. 성당의 퇴락 문제를 신경 쓰지 않는 곳이었지만, 다른 볼일이 있었다. 그 후 나는 기차를 타고 벨기에의 나뮈르로 갔고, 로니라는 매를 소유하고 있는 성모 마리아 성당의 샤를 신부와 좋은 친구가 되어, 포도주 한 병을 챙겨 넣은 음식 바구니를 싣고 도시를 둘러싼 숲으로 자전거를 끌고 나가고는 했다. 심지어 나는 어느 날 오후 풀과 야생화와 커다란 떡갈나무에 둘러싸인 어느 샛강 물가에서 샤를 신부에게 고해 성사를 하기도 했다. 그러나 안토니오 신부에 대해서나, 찬란하게 빛나던 부르고스의 그 밤에 속수무책으로 잃어버린 매에 대해서는 아무 말도 하지 않았다. 그 후 그 훌륭한 샤를 신부와 헤어져 기차를 타고 고딕 양식의 작은 보석인 성 베드로-성 바울로 성당의 폴 신부가 기다리고 있는 프랑스 생캉탱으로 향했다. 그곳에서 폴 신부와 그의 매 피에브르에 얽힌 재미있고 흥미로운 일이 있었다. 어느 날 아침 우리는 하늘에서 비둘기 떼를 소탕하려고 나섰다. 그런데 비둘기가 없어서 피에브르를 최고의 매라고 여겨 자부심이 대단했던 그 젊은 주인이 기분을 잡쳤다. 성 베드로-성 바울로 성당 광장은 시청 광장 근처에 있었는데, 그곳에서 폴 신부의 마음을 어지럽히는 소리가 웅성웅성 들렸다. 그와 나와 피에브르는 성당 광장에서 기회를 기다리고 있었는데, 광장을 둘러싸고 있는 붉은 지붕 위로 비둘기 한 마리가 갑자기 솟구쳐 올랐다. 폴 신부가 피에브르를 놓아주자, 시청 광장에서 날아올라 작고 아름답기 그지없는 성 베드로-성 바울로 성당으로 향하는 듯한 비둘기의 존재를 매가 대번에 알아차렸고, 그 비둘기는 매의 습격으로 눈 깜짝할 사이에 땅바닥에 떨어졌고, 시청 광장 쪽에서 당혹스러운 웅성거림이 높아졌다. 폴 신부와 나는 도망치는 대신 성당 광장을 뒤로 하고 시청 광장 쪽으로 걸음을 옮겼다. 새하얗던 비둘기가 거리의 포석을 피로 물들이고 있었고, 생캉탱 시장과 많은 선수들을 비롯한 수많은 사람이 비둘기 주위를 에워싸고 있었다. 그때서야 우리는 피에브르가 죽인 비둘기가 달리기 경주의 상징이라는 사실을 깨달았다. 달리기 선수들은 기분을 잡쳤거나 가슴 아파했다. 경주를 후원하였으며, 비둘기를 날려 대회를 개시하자는 아이디어를 낸 생캉탱의 여성 유지들이나 이들의 생각을 지지한 생캉탱의 공산주의자들도 마찬가지였다. 다만 공산주의자들은 날아오르다 죽어 버린 비둘기를 스포츠적인 노력에 입각한 화합과 평화의 비둘기로 보지 않고, 복합적인 의미를 지닌 피카소의 비둘기로 보았지만 말이다. 어찌 됐든 아이들 빼고는 다들 불쾌해했다. 아이들만 경이로워하며 하늘에서 피에브르를 찾았고, 폴 신부에게 다가와 그의 무시무시한 새에 대해 사이비 기술 내지 사이비 과학 같은 이야기를 시시콜콜 물었다. 신부는 입가에 미소를 띠고 그곳에 있는 사람들에게 용서를 구하고, 미안합니다, 누구나 실수하는 법이죠라고 말하는 듯한 손짓을 하고는, 가끔 허풍을 떨기는 했지만 그래도 항상 기독교적인 대답으로 아이들을 즐겁게 해주었다. 그 후 나는 파리로 가서 한 달 간 시를 쓰면서 박물관과 도서관을 자주 드나들고, 너무나 아름다워서 눈물이 그렁그렁 맺힐 정도인 성당들을 방문하고, 틈이 나면 국가적 관심 대상인 유적의 보호를 위한 보고서 초안을 〈매의 이용〉을 특별히 강조하면서 쓰고, 칠레에 문학 기사와 서평을 보내고, 산티아고에서 보내 주는 책을 읽고, 밥을 먹고 산책을 하였다. 이따금 특별한 일도 없이 오데임 씨가 편지를 보냈다. 일주일에 한 번은 칠레 대사관에 가서 고국 신문을 읽고 문화 담당관과 이야기를 나누었다. 그는 좋은 사람이고, 전형적인 칠레인이자 기독교인이며, 과도하게 유식하지 않고, 「르 피가로」지의 십자말풀이를 풀면서 프랑스어를 배운 이였다. 그 후 나는 독일로 여행을 떠났고, 바이에른 주를 돌아다니고, 오스트리아와 스위스에도 가보았다. 그리고 다시 스페인으로 돌아왔다. 안달루시아를 돌아보았다. 아주 마음에 차지는 않았다. 나바라에 다시 들렀다. 대단했다. 육로로 갈리시아를 여행했다. 아스투리아스와 바스크 지방에 가보았다. 이탈리아행 열차를 탔다. 로마로 갔다. 교황님 앞에 무릎을 꿇었다. 눈물을 흘렸다. 이상한 꿈들에 시달렸다. 꿈에서 자기가 입은 옷을 찢어발기는 여인들을 보았다. 부르고스의 안토니오 신부도 꿈에서 보았는데, 죽기 전에 한쪽 눈을 뜨고 말했다. 어이 친구, 이거 아주 고약한 일인데. 수천 마리의 매가 무리를 이루어 대서양 창공에 높이 떠서 아메리카 대륙을 향해 날아가는 꿈도 꾸었다. 가끔 꿈속에서 태양이 검게 변했다. 가끔은 아주 뚱뚱한 독일인 사제가 나타나 재미있는 이야기를 해주기도 했다. 라크루아 신부, 내 재미있는 이야기 하나 하리다. 교황님이 바티칸의 어느 방에서 독일인 신학자와 평화롭게 이야기를 하고 있었소. 갑자기 프랑스인 고고학자 두 명이 아주 들뜨고 흥분한 채로 들어와 교황님에게 말하길, 이스라엘에서 막 돌아왔는데 아주 좋은 소식과 아주 나쁜 소식 두 가지가 있다고 했소. 교황님은 뜸 들이지 말고 얼른 이야기해 달라고 부탁했소. 프랑스인들은 얼른, 좋은 소식이란 성묘(聖墓)를 발견했다는 소식이라고 말씀드렸다오. 성묘라고, 교황님이 말씀하셨죠. 의심할 나위 없이 성묘입니다. 교황님은 감정이 북받쳐서 눈물을 흘리셨소. 이윽고 눈물을 닦으면서 물으셨다오. 나쁜 소식은 뭐요? 성묘 내부에서 예수 그리스도의 시신을 발견했습니다. 교황님은 혼절해 버리셨다오. 프랑스인들은 달려들어 교황님이 숨을 돌리시도록 하였소. 그런데 유일하게 평온하게 있던 독일인 신학자가 말하는 게 아니겠소. 예수 그리스도가 진짜 존재했단 말이요? 소르델, 소르델로, 그 소르델로, 선생 소르델로. 나는 어느 날 이제 그만 칠레로 돌아갈 때가 되었다고 생각했다. 비행기를 타고 돌아왔다. 조국의 상황은 좋지 못했다. 꿈을 꾸지 말고 논리적이 되어야 해, 혼자 되뇌고는 했다. 환영을 쫓다가 길을 잃지 말고 애국자

---

34 Nicanor Parra(1914~). 한때 노벨 문학상 후보로 거론된 칠레의 대시인이다.

가 되어야 해, 혼자 되뇌고는 했다. 칠레는 잘 풀리지 않았다. 나는 잘 풀렸지만 조국은 그렇지 않았다고. 나야 열렬한 민족주의자는 아니지만 그래도 내 나라를 진심으로 사랑했는데. 칠레, 칠레. 너는 어찌 이리도 많이 변해 버릴 수 있는가?, 나는 창문을 열고 멀리 반짝이는 산티아고를 바라보면서 말하고는 했다. 네게 무슨 짓을 한 거야? 칠레인들이 미쳐 버린 걸까? 누구 잘못이지? 때로는 학교나 신문사 복도를 걸으며 칠레에게 말했다. 언제까지 이럴 생각이야, 칠레? 아예 변한 거야? 아무도 알아보지 못할 괴물로? 이윽고 선거철이 왔고 아옌데가 승리했다. 나는 내 방 거울 앞으로 다가가 그 순간을 위해 간직해 둔 결정적인 질문을 하려고 했으나, 그 질문은 핏기 없는 입술 사이로 도통 나오지를 않았다. 그것은 누구도 견딜 재간이 없는 일이었다. 아옌데 승리의 밤에 나는 외출을 했고, 페어웰의 집까지 걸어갔다. 그가 직접 문을 열어 주었다. 얼마나 폭삭 늙어 버렸는지. 당시 페어웰의 나이는 80세 언저리를 맴돌았을 것이다. 어쩌면 더 많았을지도 모른다. 이젠 내 허리나 궁둥이를 두들기지 않았다. 들어오게, 세바스티안. 나는 그를 따라 응접실로 들어갔다. 페어웰은 전화를 몇 통 돌리고 있는 중이었다. 처음으로 전화한 사람은 네루다였다. 연결이 되지 않았다. 그 다음에는 니카노르 파라[34]에게 전화를 걸었다. 마찬가지였다. 나는 안락의자에 털썩 앉아 양손으로 얼굴을 가렸다. 페어웰이 하릴없이 네다섯 명의 시인에게 더

다이얼을 돌리는 소리가 여전히 들렸다. 우리는 술을 마시기 시작했다. 전화가 위안이 된다면 우리가 알고 있는 몇몇 가톨릭교도 시인들에게 전화를 해보라고 페어웰에게 말했다. 그들은 한술 더 떠서 모두 길거리에서 아옌데의 승리를 축하하고 있을걸, 페어웰이 말했다. 몇 시간 뒤 페어웰이 의자에서 잠이 들었다. 그를 침대로 모시고 싶었지만 너무 무거워서 그냥 의자에 내버려 두었다. 집으로 돌아온 나는 그리스 작가들을 읽기 시작했다. 될 대로 되라지, 혼잣말을 했다. 나는 그리스 작가들을 다시 읽을 거야. 전통에 따라 호메로스부터 시작해서, 밀레토스의 탈레스, 콜로폰의 크세노파네스, 크로토나의 알크마이온, 엘레아의 제논(정말 훌륭한 인물이었어)을 읽었다. 그 후 아옌데에게 우호적인 군 장성이 암살되고, 칠레가 쿠바와의 외교 관계를 복원하고, 인구 조사로 칠레 인구가 총 8,884,768명으로 집계되고, TV 연속극 「태어날 권리」가 방영되기 시작하고, 나는 스파르타의 티르타이오스, 파로스의 아르킬로코스, 아테네의 솔론, 에페소스의 히포낙스, 히메라의 스테시코로스, 미틸레네의 사포, 메가라의 테오그니스, 테오스의 아나크레온, 테베의 핀다로스(내가 가장 좋아하는 이 중 하나이지)를 읽었다. 정부는 처음에는 구리를, 그 후에는 초석과 철을 국유화하

---

35 주부들이 물자 부족 등의 생활고에 항의하기 위해 냄비를 두드리면서 하는 시위.

36 고원 지대이지만 그리 높지 않은 곳을 메세타 *meseta* 라고 부른다.

고, 파블로 네루다는 노벨상을 받고, 디아스 카사누에 바는 칠레 문학상을 받고, 피델 카스트로가 칠레를 방문해서 많은 사람들이 그가 이곳에 영원히 눌러앉을 거라고 믿고, 기독교민주당 전 정권에서 장관을 지낸 페레스 수코비치가 암살되고, 라푸르카데가 『하얀 비둘기 새끼』를 출간하고, 나는 우호적인 비평을 하나 써주었다. 아무런 가치 없는 소설임을 익히 알고 있었으니 거의 주례사 비평이었다. 아옌데에 항의하는 최초의 냄비 시위[35]가 벌어지고, 나는 아이스킬로스와 소포클레스와 에우리피데스의 비극을 읽고, 미틸레네의 알카이오스를 읽고, 아이소포스와 헤시오도스와 헤로도토스(그는 인간이라기보다는 티탄이야)를 읽었다. 칠레에서는 물자 부족, 인플레, 암시장, 음식을 구하기 위한 기나긴 행렬이 발생하고, 농지 개혁으로 페어웰의 농장을 비롯한 수많은 농장이 수용되고, 정부에 여성청이 생기고, 아옌데가 멕시코를 방문하고 뉴욕에서 열린 유엔 총회에 참석하고, 칠레에 테러가 이어지고, 나는 투키디데스를 읽었다. 그가 쓴 긴 전쟁사를, 흐르는 세월에 빛이 바랜 페이지들을 가로지르는 강과 평원과 바람과 메세타[36]를, 그가 묘사한 장병들을, 포도를 따고 산 위에서 아련한 지평선을 바라보는 민간인들을. 그 지평선은 내가 태어날 날을 기다리며 수많은 군상과 뒤섞여 있던 지평선이요, 투키디데스는 바라보고 나는 전율하던 지평선이었다. 나는 데모스테네스와 메난드로스와 아리스토텔레스와 플라톤(플라톤은 늘

유용하다)을 다시 읽고, 파업이 발생하고, 어느 기갑 부대 대령이 쿠데타를 기도하고, 한 카메라맨이 죽어 가면서 자신의 죽음을 촬영하고, 아옌데의 해군 보좌관이 암살되고, 소요가 일어나고, 험악한 말이 난무하고, 온 칠레 국민이 저주를 퍼붓고 벽에 이념적 그림을 그리고, 약 50만 명의 사람들이 아옌데를 지지하는 대행진을 벌였다. 그 후 군사 쿠데타가 일어나고, 모네다[37]를 폭격하고, 폭격이 그친 후 대통령이 자살하고, 모든 것이 끝났다. 그때 나는 읽고 있던 페이지에 손가락을 대고 평온한 상태로 생각했다. 참 평화롭군. 나는 일어나 창밖으로 몸을 내밀었다. 정말 조용하군. 하늘은 파랬다. 여기저기 구름이 표식을 해놓은 그윽하고 깨끗한 하늘이었다. 멀리 헬리콥터 한 대가 보였다. 창문을 열어 둔 채 무릎을 꿇고 기도했다. 칠레를 위해, 모든 칠레인을 위해, 죽은 자들을 위해, 산 자들을 위해. 그리고 페어웰에게 전화를 걸었다. 기분이 어떠신가요?, 내가 물었다. 춤이라도 추고 싶을 정도네, 그가 답했다. 쿠데타 직후의 나날은 묘했다. 모두들 갑자기 꿈에서 깨어나 현실을 마주하고 있는 듯했다. 물론 가끔은 정반대로 모두들 갑자기 꿈을 꾸고 있는 기분이었다. 우리의 일상은 꿈의 비정상적인 법칙에 따라 전개되었다. 꿈에서는 어떠한 일도 일어날 수 있고,

37 칠레의 대통령 궁.
38 Victor Vasarely(1906~1997). 헝가리 태생의 프랑스 화가. 눈의 착시 현상을 이용해 2차원의 화면에 움직임을 도입한 옵 아트 *Op art* 의 선구자이다.

꿈꾸는 사람은 무슨 일이든 다 받아들인다. 움직이는 방식도 달라진다. 우리는 마치 영양처럼 움직이거나 호랑이가 꿈속에서 보는 영양처럼 움직인다. 우리는 마치 바사렐리[38]의 그림처럼 움직인다. 우리는 마치 그림자 없는 사람처럼 또 그런 끔찍한 사실과는 아무 상관없는 사람처럼 움직인다고. 우리는 말을 한다. 우리는 먹는다. 하지만 사실은 말을 하고 먹는다는 것을 생각하지 않으려고 애쓴다고. 어느 날 밤 나는 네루다가 죽었다는 사실을 알게 되었다. 페어웰에게 전화를 걸었다. 네루다가 죽었습니다, 그에게 말했다. 암, 암으로, 페어웰이 말했다. 그래요, 암으로 사망했죠. 장례식에 가야 하나요? 나는 가봐야지. 저도 같이 가겠습니다. 전화를 끊었을 때 페어웰과 꿈속에서 대화를 나눈 듯한 느낌이 들었다. 다음 날 우리는 묘지로 갔다. 페어웰은 아주 우아하게 차려입고 갔다. 유령선 같아 보였지만, 아주 우아하게. 내 농장을 되돌려줄 거야, 그가 내 귀에 대고 말했다. 장례 행렬에는 많은 사람이 참여했고, 행진이 계속되는 동안 더 늘어났다. 지랄 맞게 훌륭한 사람들이군, 페어웰이 말했다. 조심하세요, 내가 그에게 말했다. 그의 얼굴을 쳐다보았다. 그는 몇몇 모르는 이들에게 눈을 찡긋거렸다. 젊은이들이었고 기분 나빠 하는 것 같았다. 그러나 내게는 그들이, 나쁜 기분과 좋은 기분 모두 형이상학적 사건에 불과한 꿈속의 사람들 같았다. 우리 뒤편에서 누군가가 페어웰을 알아보고 페어웰이야, 비평가 말이야 하고 말하는 소리가 들렸다. 꿈에서 비롯되어 다른 꿈속으로 들어가는 말이었다. 이윽고 누군가 분노와 추모가 뒤섞인 구호를 외쳤다. 히스테릭했다. 역시 히스테릭해져 있는 사람들이 따라 외쳤다. 이 짓거리는 또 뭐야?, 페어웰이 물었다. 천박한 놈들이니 마음 쓰지 마세요, 묘지에 다 와갑니다. 네루다는 어디쯤 가고 있지? 저기 앞에 관 속에요. 웬 얼뜨기 소린가, 난 아직 팍삭 늙지는 않았다고. 죄송합니다. 용서하지. 페어웰이 이어서 말했다. 장례식이 예전 같지 않아서 유감이야. 정말 그렇습니다. 예전에는 갖가지 칭송과 작별 의식이 있었는데. 프랑스 식으로요. 내가 네루다를 위해 멋진 연설문을 써줄 수 있었는데. 페어웰이 말하더니 울기 시작했다. 우린 필경 꿈을 꾸고 있는 거야, 내가 생각했다. 페어웰의 팔을 부축하고 묘지에서 떠날 때 나는 어느 무덤에 기대어 잠들어 있는 작자를 보았다. 등골이 오싹했다. 그 직후의 날들은 상당히 평온했고, 나는 그 많은 그리스인들을 읽기도 지쳐 버렸다. 그래서 다시 칠레 문학을 자주 찾았다. 시를 써보려고도 했다. 처음에는 종교적인 시만 써졌다. 그 후 무슨 일이 생겼는지 모르겠다. 천사와 같은 내 시가 악마의 시로 변해 버렸다. 석양이 지는 무수한 저녁마다 내 고해 신부에게 시를 보여 주고 싶은 유혹을 받았지만 그만두었다. 여성을 무자비하게 까는 시, 성도착자에 대한 시, 방치된 기차역들의 비행 청소년에 대한 시들을 썼다. 그 이전의 내 시는 단적으로 말하자면 언제나 아폴

론적이었건만, 당시의 내 시는 좀 튀게 표현하자면 차라리 디오니소스적이었다. 하지만 사실 디오니소스적 시는 아니었다. 악마의 시도 아니었다. 격노를 담은 시였을 뿐이다. 내 시에 등장하는 그 가련한 여인들이 대체 내게 무슨 짓을 했다고? 나를 속인 사람이라도 있었나? 그 불쌍한 성도착자들이 내게 무슨 짓을 했다고? 아무 짓도 하지 않았어. 아무 짓도. 여인들도 호모들도 아무 짓도 하지 않았다니까. 하물며 아이들이야, 오, 주님!, 말해 무엇하랴! 그럼 대체 그 가련한 아이들이 그런 타락한 풍경에 출현하는 것은 무엇 때문이었지? 그 아이들 중 누군가가 바로 나였나? 내가 절대로 아이를 가질 수 없어서 그랬나? 내가 결코 알지 못할 타락한 타인들의 타락한 자식들이라서 그랬나? 그렇다면 내가 어째서 그렇게 격노했지? 그러나 내 일상의 삶은 평온하기 그지없었다. 낮은 목소리로 말을 하고, 결코 화를 내는 법이 없고, 규칙적이고 정돈되어 있었다. 매일 밤 기도를 드리고 별 문제 없이 잠을 이루었다. 이따금 악몽에 시달리기는 했지만, 너 나 할 것 없이 모두 가끔 악몽을 꾸던 시절이었다. 악몽을 꾼 날도 아침마다 하루 일과를 기꺼이 수행할 기분으로 가뿐하게 잠에서 깨어났다. 바로 그 무렵 어느 날 아침 홀에서 손님이 기다린다는 전갈을 받았다. 세수를 마치고 아래로 내려갔다. 벽에 붙어 있는 나무 의자에 앉아 있는 오데임 씨가 보였다. 뒷짐을 지고 서서 자칭 표현주의 화가의(사실은 인상파 화가였다) 그림을 뜯어보고 있는 오이도 씨도 보였다. 두 사람은 나를 보자 오랜 친구를 만난 듯 미소를 지었다. 나는 아침 식사를 같이 하자고 권했다. 벽시계가 겨우 8시 몇 분을 가리키고 있었는데, 놀랍게도 그들은 좀 전에 식사를 했다고 했다. 두 사람은 나와 같이 있어 주려고 차를 마시기로 했다. 내가 그들에게 말했다. 제 아침 식사도 별반 다르지 않습니다. 차, 버터와 잼을 바른 토스트, 오렌지 주스 정도를 먹으니까요. 균형 잡힌 아침 식사네요, 오데임 씨가 말했다. 오이도 씨는 아무 말도 하지 않았다. 시중드는 여인이, 나의 간절한 바람으로, 옆 학교 담장을 일부 가리고 있는 나무들과 정원이 보이는 회랑에 아침을 차렸다. 대단히 미묘한 제안을 전하러 왔습니다, 오데임 씨가 말했다. 나는 잠자코 고개를 끄덕였다. 오이도 씨가 내 토스트 한 쪽을 집어 버터를 바르고 있었다. 기밀을 요하는 사안입니다. 특히 지금 이런 상황에서는요, 오데임 씨가 말했다. 나는 그러겠노라고, 물론이라고, 이해하노라고 말했다. 오이도 씨는 토스트를 한입 베어 물고, 공원에 장엄하게 솟아 학교의 자랑거리인 거대한 아라우카리아 세 그루를 쳐다보았다. 우루티아 신부님, 칠레인들이 어떤지 잘 아실 겁니다. 말 부풀리기가 심하죠. 물론 나쁜 의도는 분명히 없지만 누구보다도 정말 말을 많이 부풀리죠. 나는 아무 말도 하지 않았다. 오이도 씨는 세 입에 토스트를 끝장내고 새로 토스트 하나에 버터를 바르기 시작했다. 무엇 때문에 제가 이런 말씀을 드릴까요?, 오데임 씨가 수사학적인 자문을 했다. 우리를 이곳에 오게 한 일이 절대적으로 기밀을 요한다는 뜻입니다. 나는 그러겠노라고, 이해하노라고 대답했다. 오이도 씨는 차를 더 따르더니 손가락으로 딱 소리를 내 시중드는 여인을 부르더니 우유를 조금 청했다. 무엇을 이해하신다는 겁니까? 오데임 씨가 솔직하고 우호적인 미소를 띠며 물었다. 제게 절대적인 신중함을 요구한다는 것을요, 내가 말했다. 그 이상입니다, 훨씬 더요, 정말 절대적인 신중함, 특별하게 절대적인 신중함과 기밀을 요합니다, 오데임 씨가 말했다. 그가 마구잡이로 하는 말을 고쳐 주고 싶었지만 대체 내게 뭘 바라는지 궁금해서 그냥 두었다. 오이도 씨가 냅킨으로 입을 닦은 뒤 말했다. 마르크스주의에 대해 좀 아시나요? 좀 알죠. 하지만 전적으로 지적인 호기심 때문입니다. 그러니까, 이념적으로는 저만큼 먼 사람도 또 없죠. 다들 증명해 줄 수 있을 겁니다, 내가 말했다. 하지만 아신다는 말씀입니까, 모르신다는 말씀입니까? 딱 필요한 만큼이요, 점점 신경이 예민해진 내가 답했다. 당신 도서관에 마르크스주의 책들이 있습니까? 오이도 씨가 말했다. 오 주여! 내 도서관이 아니라 우리 신학교의 도서관입니다. 책이 좀 있을 것 같네요. 그러나 단지 참고용으로, 바로 마르크스주의를 부정하는 논조의 철학적 작업의 기초로 사용하기 위한 것입니다. 하지만 우루티아 신부님, 당신 서재도 있잖습니까. 사람들이 말하는 개인 서재 말입니다. 이곳 학교에도 책이 있을 것이고, 당신 집과 어머님 댁에도 있을 거고요. 제 말이 틀렸나요? 아니요, 맞습니다, 내가 중얼거렸다. 개인 서재에 마르크스주의 책이 있나요 없나요?, 오이도 씨가 말했다. 있는지 없는지 좀 대답해 주세요, 오데임 씨가 간곡하게 말했다. 있습니다. 책이 있다면 당신이 마르크스주의에 대해 약간 혹은 그 이상 알고 있다고 말할 수 있습니까?, 오이도 씨가 취조하는 눈초리로 나를 뚫어지게 쳐다보며 말했다. 나는 도움을 구하기 위해 오데임 씨를 바라보았다. 그가 알 수 없는 눈짓을 보냈다. 존경의 눈짓일 수도 있고 동조의 눈짓일 수도 있었다. 무슨 말을 해야 할지 모르겠네요, 내가 말했다. 무슨 이야기든 좀 해보시죠, 오데임 씨가 말했다. 당신들이 알고 있듯이 나는 마르크스주의자가 아닙니다, 내가 말했다. 하지만 가령 마르크스주의의 기초를 아십니까, 모르십니까?, 오이도 씨가 말했다. 그거야 누구나 다 알고 있는 거죠. 그러니까 마르크스주의를 배우는 것이 그리 어려운 일이 아니라는 거군요. 그렇죠, 그리 어려운 일이 아니죠. 머리끝부터 발끝까지 벌벌 떨면서, 또 그 어느 때보다도 꿈을 꾸고 있는 느낌을 받으면서 내가 말했다. 오데임 씨가 내 다리를 토닥여 주었다. 다정한 동작이었지만 나로서는 펄쩍 뛸 지경이었다. 마르크스주의를 배우는 것이 어렵지 않으면 가르치는 일도 어렵지 않겠네요, 오이도 씨가 말했다. 두 사람이 내 대답을 기다리고 있다는 것을 깨달을 때까지 나는 침묵을 지키고 있었다. 그렇습니다, 그리 어려운 일이 아닐 것 같습니다, 내가 말했다. 한 번도 가르쳐 본 적은 없지만요, 내가 덧붙였다. 지금 그런 기회를 잡으셨습니다, 오이도 씨가 말했다. 이건 조국을 위한 봉사입니다, 오데임 씨가 말했다. 훈장의 광채와는 너무나도 거리가 먼 음지에서 묵묵히 행하는 봉사이죠, 오데임 씨가 덧붙여 말했다. 단도직입적으로 말하면 입을 닫은 채 해야 하는 봉사입니다, 오이도 씨가 말했다. 입을 꿰매야죠, 오데임 씨가 말했다. 입을 봉해야 합니다, 오이도 씨가 말했다. 무덤 속으로 가져갈 일이죠, 오데임 씨가 말했다. 내가 이런 일을 했네 저런 일을 했네 하고 다니시면 결코 안 됩니다. 이해가 되셨을 텐데 신중함 그 자체가 필요합니다, 오이도 씨가 말했다. 그렇게도 미묘한 일이 무엇입니까?, 내가 말했다. 그저 몇 시간 마르크스주의 강의를 하는 일입니다. 우리 모든 칠레인이 크게 신세를 진 몇몇 신사분이 마르크스주의가 무엇인지 알 수 있을 정도면 됩니다, 오데임 씨가 머리를 바싹 들이대고 하수도에서 나 날 법한 연기를 내 코에 뿜어 대며 말했다. 미간을 찌푸릴 수밖에 없었다. 내 불쾌한 기색에 오데임 씨는 미소를 지었다. 머리 싸매지 마시죠, 수강자가 누구인지 결코 알아맞힐 수 없을 테니까요, 그가 말했다. 제안을 받아들이면 언제 수업이 시작됩니까? 사실 지금 일이 엄청 쌓여 있거든요, 내가 말했다. 어리석은 소리 하지 마십시오, 거절할 수 있는 일이 아니니까요, 오이도 씨가 말했다. 거절하고 싶은 생각이 들지 않는 일이죠, 오데임 씨가 조정자 역을 하듯 말했다. 나는 위험이 지나갔으니 이제 세게 나갈 때라고 생각하고 물었다. 학생들이 누구죠? 피노체트 장군입니다, 오이도 씨가 말했다. 나는 숨을 들이마셨다. 또 누가 더 있죠?, 내가 물었다. 당연히 라이 장군, 메리노 해군 사령관, 멘도사 장군[39]이지 누구겠습니까?, 오데임 씨가 목소리를 낮추며 물었다. 준비를 해야겠네요, 가볍게 맡을 일이 아니군요, 내가 말했다. 수업은 1주일 내에 시작해야 하는데 시간이 충분하신가요? 나는 그렇다고, 2주일이면 이상적이겠지만 1주일 안에 어떻게 해 보겠다고 말했다. 그다음에 오데임 씨는 내 보수에 대해 말했다. 이 일은 조국에 대한 봉사지만, 다들 먹고는 살아야죠. 나는 옳은 말이라고 했던 것 같다. 그다음에는 무슨 이야기를 더 나누었는지 기억이 나지 않는다. 그 주는 그 이전 주들과 마찬가지로 평온하게 잠을 잘 수 있는 분위기로 흘러갔다. 어느 날 오후 신문사 편집국을 나서자 자동차 한 대가 나를 기다리고 있었다. 우리는 학교로 내 강의록을 찾으러 갔고, 이후 자동차는 산티아고의 밤 속으로 사라졌다. 뒷좌석 내 옆자리에 페레스 라루체라는 대령이 앉았다. 그의 임무는 나로서는 열어 보고 싶지도 않은 봉투 하나를 건네고, 이미 오데임 씨와 오이도 씨가 강조한 바를 다시

39 피노체트와 더불어 1973년 9월 11일 칠레 쿠데타를 일으킨 주역들로 군사 평의회 위원들이었다.
40 Pablo de Rokha(1894~1968). 한때 네루다와 논쟁을 벌이기도 했던 칠레의 시인으로, 격정적인 시풍으로 유명하다.

주지시키는 일이었다. 즉 내 새로운 일과 관련해서 절대적인 신중함이 필요하다는 것이었다. 나는 그에게 믿어도 된다는 다짐을 주었다. 그러면 그 이야기는 그만하시고 드라이브를 즐깁시다, 페레스 라루체 대령이 말하면서 위스키 잔을 건넸다. 나는 거절했다. 사제복 때문인가요?, 그가 말했다. 그때서야 신문사에 입고 갔던 양복을 신학교에서 사제복으로 갈아입었다는 사실을 깨달았다. 나는 고개를 저었다. 페레스 라루체는 술 잘 마시는 신부 여럿을 알고 있노라고 말했다. 사제든 아니든 술 잘하는 사람이 칠레에 있을지 의문이라고 내가 말했다. 칠레인들은 술을 못하는 편이죠. 예상대로 페레스 라루체는 동의하지 않았다. 그의 말을 한 귀로 흘리면서 내가 왜 옷을 갈아입었을까 생각하기 시작했다. 나 역시 저명한 학생들 앞에 제복을 입고 서려고 한 것일까? 은근히 겁이 나서 사제복을 미지의 위험을 방비하기 위한 방어벽으로 삼으려고 한 것일까? 차 유리창을 가리고 있는 커튼을 열려고 했지만 금속 봉 때문에 열 수 없었다. 안전을 위한 조치입니다, 페레스 라루체가 말했다. 그는 칠레의 포도주와 두주불사 술꾼들을 계속 열거해서, 마치 파블로 데 로카[40]의 어수선한 시를 낭송하는 듯했다. 이윽고 차가 어느 공원에 들어서더니 대문에만 불이 켜져 있는 집 앞에 멈춰 섰다. 나는 페레스 라루체의 뒤를 쫓았다. 그는 내가 경비병을 찾는 것을 알고 훌륭한 경비란 눈에 띄지 않는 경비라고 설명했다. 경비병이 있다는 건가요?, 내가 말했다. 물론입니다, 모두 방아쇠에 손가락을 걸고 있죠. 알게 되어 기쁘군요, 내가 말했다. 우리는 가구와 벽이 온통 눈부신 백색인 응접실로 들어섰다. 앉으시죠, 페레스 라루체가 말했다. 마실 것은 무엇으로 할까요? 차요, 내가 말했다. 차, 좋죠. 페레스 라루체가 말하더니 그곳에서 나갔다. 나는 선 채로 홀로 남겨졌다. 틀림없이 나를 찍고 있을 거라고 생각했다. 도금 장식이 된 나무틀에 끼워진 거울 두 개는 그런 목적으로는 안성맞춤이었다. 논쟁을 벌이는 중인지 농담을 하는 중인지 모를 소리가 멀리서 들렸다. 그리고 또다시 침묵이 감돌았다. 이윽고 발소리가 들리더니 문 열리는 소리가 들렸다. 하얀 옷을 입은 웨이터가 은쟁반을 들고 와 차를 한 잔 주었다. 고맙다고 했다. 그는 뭐라고 중얼거리더니 사라졌다. 차에 설탕을 넣으면서 찻잔 속에 비친 내 얼굴을 보았다. 누가 너를 보았지? 세바스티안, 그리고 누가 널 보고 있지?, 혼잣말을 했다. 땟자국 하나 없는 벽에 찻잔을 던져 버리고 싶고, 무릎 사이에 찻잔을 끼고 울고 싶고, 난쟁이가 되어 따뜻한 차에 풍덩 빠져 설탕 알갱이가 큼지막한 다이아몬드 알처럼 가라앉아 있는 밑바닥으로 잠수하고 싶었다. 나는 신성한 자세로 묵묵히 있었다. 권태에 찌든 얼굴을 했다. 차를 저은 다음 맛을 보았다. 좋

---

41 Marta Harnecker. 칠레의 좌파 사회학자로 쿠바 혁명 정부, 칠레 사회당에서 활동한 경력이 있으며 현재 베네수엘라에 거주하며 차베스 대통령 정부의 고문 역할을 하고 있다. 『역사적 유물론의 기본 개념』은 1970년대 라틴 아메리카 좌파가 이념 교육에 많이 사용한 책이다.

았다. 좋은 차였다. 초조함을 달래는 데 좋았다. 이윽고 복도에 발소리가 들렸다. 내가 지나온 복도가 아니라 정면에 있는 문에 연결된 복도였다. 문이 열리고 막료인지 부관인지 다들 군복을 입은 이들이 들어오고, 또 보좌관인지 젊은 장교인지 모를 무리가 들어오고, 군사 평의회 위원 전부가 나타났다. 나는 일어섰다. 곁눈질로 거울에 비친 내 모습을 보았다. 군복이 빛나서 총천연색 카드나 움직이는 숲 같았다. 품이 아주 넉넉한 내 검은 제복이 눈 깜짝할 사이에 모든 색을 흡수해 버리는 듯했다. 그 첫날 저녁 우리는 마르크스와 엥겔스에 대해 논했다. 마르크스와 엥겔스의 유년기에 대해서 논했다. 『공산당 선언』과 『공산주의자 동맹 중앙 위원회 메시지』를 논하였다. 우리 동포인 마르타 하르네케르[41]의 『선언』과 『역사적 유물론의 기본 개념』을 읽을 책으로 지정했다. 1주일 뒤 두 번째 수업 때는 『프랑스의 계급 투쟁 1848~1850』과 『루이 보나파르트의 브뤼메르 18일』에 대해 논했다. 메리노 해군 사령관은 내가 개인적으로 마르타 하르네케르를 아는지, 안다면 어떻게 생각하는지 물었다. 개인적으로 알지 못하지만, 그녀는 알튀세르의 제자이고(메리노 사령관에게 내가 알튀세르를 직접 아는 것은 아니라고 말했다), 많은 칠레인처럼 프랑스에서 공부한 사람이라고 말해 주었다. 외모가 괜찮소? 그런 것 같습니다, 내가 말했다. 세 번째 시간에는 『선언』으로 되돌아갔다. 라이 장군은 이 책이 순수한 상태의 원초적인 텍스트라고 말했다. 더 구체적으로 말하지는 않았다. 나를 조롱한다는 생각이 들었으나, 이내 진심으로 한 말임을 알게 되었다. 생각 좀 해보아야겠군, 하고 생각했다. 피노체트 장군은 아주 피곤해 보였다. 장군은 예전 두 번의 강의 때와는 달리 군복을 입고 있었다. 강의 내내 검은 안경을 벗지 않은 채 푹신한 의자에 몸을 파묻고 가끔 필기를 했다. 몇 분간은 볼펜을 움켜쥐고 존 것 같았다. 네 번째 시간에는 피노체트 장군과 멘도사 장군만 참석했다. 내가 망설이자 피노체트 장군은 다른 두 사람도 있는 셈 치고 강의를 계속하라고 명했다. 다른 참석자들 가운데 해군 대위와 공군 장군이 있으니 상징적으로는 그런 셈이었다. 나는 『자본론』(세 쪽짜리 요약본을 준비해 갔다)과 『프랑스 내전』에 대해서 말했다. 멘도사 장군은 필기만 할 뿐 강의 내내 아무런 질문도 하지 않았다. 책상에는 『역사적 유물론의 기본 개념』이 몇 권 있었고, 강의가 끝났을 때 피노체트 장군이 참석자들에게 한 권씩 가져가라고 말해서 그렇게들 했다. 장군은 내게 윙크를 하고 악수를 한 뒤 헤어졌다. 그때처럼 그에게 친근감을 느낀 적은 없었다. 다섯째 시간에는 『임금, 가격, 소득』에 대해 말하고 다시 『선언』을 다루었다. 한 시간이 지나자 멘도사 장군은 깊이 잠들었다. 신경 쓰지 말고 나를 따라오시오, 피노체트 장군이 말했다. 나는 그를 따라 집 뒤의 공원이 훤히 내려다보이는 통유리 창 쪽으로 갔다. 둥근 달이 수영장의 잔잔한 수면에 반짝였다. 장군이 창을 열었다. 등 뒤에서 마르타 하르네케르에 대해 지껄이는 장군들의 목소리가 들렸다. 꽃밭에서 정말로 향긋한 냄새가 일어 공원 전체로 퍼져 나갔다. 새 한 마리가 노래를 했고, 그 공원에서인지 또는 근처 정원에서인지 같은 종의 새가 즉각 화답했다. 이윽고 밤을 깨는 듯한 날갯짓 소리가 들리더니 곧 원래처럼 깊은 침묵이 다시 감돌았다. 걸읍시다, 장군이 말했다. 창으로 나가 그 매혹적인 정원에 들어서자마자, 마치 장군이 마술사라도 되는 듯 공원에 불이 켜졌다. 공원 이곳저곳으로 그윽하게 흩어지는 불빛이었다. 그때 나는 엥겔스가 고독 속에서 쓴 『가족, 사유 재산, 국가의 기원』에 대해 말했고, 장군은 내 설명에 내내 공감을 표하고 이따금 질문을 했다. 또 이따금 둘 다 침묵을 지키며 무한 공간을 홀로 방랑하는 달을 쳐다보았다. 그 광경에 용기를 얻었는지, 레오파르디를 아느냐고 장군에게 물어보았다. 모른다고 했다. 그가 누구인지 물었다. 우리는 멈춰 섰다. 창밖으로 나온 나머지 장군들이 밤하늘을 쳐다보고 있었다. 19세기 이탈리아 시인입니다, 내가 피노체트 장군에게 말했다. 장군님, 결례가 되지 않는다면 저 달 때문에 떠오른 「무한」과 「아시아 방랑 목자의 야상곡」이라는 레오파르디 시 두 편을 낭송하게 해주십시오. 피노체트 장군은 전혀 관심을 표하지 않았다. 나는 그의 옆을 걸으며 평소 암기하고 있던 「무한」의 구절을 낭송해 주었다. 훌륭한 시군요, 장군이 말했다. 여섯 번째 시간에는 다시 모두가 참석했다. 라이 장군은 아주 앞서 나가는 학생이라는 인상을 주고, 메리노 해군 사령관은 그저 친절하고 대화를 감칠맛 나게 이끄는 사람일 뿐이고, 멘도사 장군은 평소처럼 잠자코 필기를 했다. 우리는 마르타 하르네케르에 대해 이야기했다. 라이 장군은 문제의 여성이 쿠바인 두어 명과 내밀한 우정을 나누고 있다고 말했다. 해군 사령관은 그 정보가 맞다고 했다. 그게 가능하오?, 피노체트 장군이 말했다. 가능하냐고요? 여자요 암캐요? 정보가 정확한 거요? 정확하죠, 라이가 말했다. 나는 타락한 여인과 관련된 시상이 떠올랐다. 그날 저녁, 『역사적 유물론의 기본 개념』에 대해 논하고, 그들이 정확히 이해하지 못한 『선언』의 몇 가지 사항을 재차 강조하면서 시의 첫 구절들과 기본적인 내용을 떠올렸다. 일곱 번째 시간에는 레닌, 트로츠키, 스탈린 및 지구상의 다양하고 대립되는 마르크스주의 경향들에 대해 말했다. 마오쩌둥, 티토, 피델 카스트로에 대해서도 말했다. 모두들 (멘도사 장군은 일곱 번째 강의에 불참했지만) 『역사적 유물론의 기본 개념』을 읽었거나 읽는 중이었다. 그래서 강의가 맥이 빠졌을 때, 마르타 하르네케르에 대해 다시 논하였다. 군인으로서 마오쩌둥의 미덕에 대해서도 논한 기억이 난다. 피노체트 장군은 중국에서 군인의 자질을 지니고 있었던 이는 마오쩌둥이 아니라 다른 이였다면서 발음 불가능한 성과 이름을 언급했고, 나 역시 알아먹지 못했다. 라이는 마르타 하르네케르가 쿠바 정보부를 위해 일했으리라고 말했다. 정보가 정확한 거요? 정확하죠. 여덟 번째 시간에 나는 레닌에 대해 다시 말했고, 그의 『무엇을 할 것인가?』를 공부하고, (피노체트 장군이 지극히 평범하고 단순하다고 느낀) 마오쩌둥의 『붉은 책』을 다시 훑고, 마르타 하르네케르의 『역사적 유물론의 기본 개념』에 대해 또다시 이야기했다. 아홉 번째 시간에는 이 책과 관련된 질문들을 던졌다. 대답은 전반적으로 만족스러웠다. 열 번째 강의가 마지막 수업이었다. 피노체트 장군만 참석했다. 우리는 정치 이야기는 접어 두고 종교에 대해서 이야기했다. 헤어질 때 장군은 자신을 비롯한 군사 평의회 위원들의 이름으로 내게 선물을 주었다. 작별 인사가 더 감동적이리라고 내가 왜 지레 상상했는지 잘 모르겠지만 그렇지 못했다. 어떤 면에서는 차갑고, 지극히 격식을 갖추고, 위정자 신분에 걸맞게 의전(儀典)에 얽매인 작별 인사였다. 나는 피노체트 장군에게 강의가 좀 도움이 되었는지 물었다. 물론입니다, 장군이 말했다. 나는 또 내가 기대치에 부응했는지를 물었다. 완벽하게 일을 해주었으니 걱정하지 마세요, 장군이 확언했다. 페레스 라루체 대령이 집까지 나를 수행했다. 통행금지의 기하학이라 할 수 있을 산티아고의 텅 빈 거리를 가로질러 새벽 2시에 되돌아왔을 때, 잠을 이룰 수도 없고 무엇을 해야 할지도 몰랐다. 온갖 장면과 목소리들이 머릿속에 밀물처럼 쇄도하는 동안 나는 방을 서성거렸다. 나 자신에게 말했다. 열 번의 강의. 사실은 아홉 번이지. 아홉 번의 강의. 아홉 번의 가르침. 참고 문헌도 변변찮게. 내가 강의를 제대로 했나? 무언가 배웠을까? 내가 가르친 것이 있나? 할 일을 한 것일까? 본분을 다한 것일까? 마르크스주의가 인본주의인가? 아니면 악마의 이론인가? 문인 친구들에게 이 이야기를 하면 잘했다고 해줄까? 전적인 거부감을 표시할 이들이 있으려나? 이해하고 용서해 줄 이들이 있으려나? 인간이 옳고 그른 것을 항상 구분할 수 있을까? 이런저런 생각을 하다가 한순간 나는 침대에 대자로 누워 하염없이 울면서, 내 (지적인) 불행을 나를 이 일에 끌어들인 오데임 씨와 오이도 씨 탓으로 돌렸다. 이윽고 깜빡 잠이 들었다. 그 주에 나는 페어웰과 식사를 했다. 더는 중압감을 견딜 수 없었다. 진자 운동을 했다가 회전 운동을 했다가 하는 내 의식의 움직임을 견딜 수 없었다고 말하는 것이 옳으리라. 나의 총기(聰氣)는 희뿌연 빛을 발하기는 하지만 꺼져 가는 종류의 것이었다. 해 질 녘의 늪지에서처럼 스스로를 수렁 속으로 빠뜨려 버리는. 그래서 전채를 먹는 동안 나는 페어웰에게 그 이야기를 했다. 페레스 라루체 대령이 절대 기밀이라고 강조했음에도, 그 저명한 비밀 학생들의 교수가 되었던 기묘한 모험 이야기를 페어웰에게 한 것이다. 그때까지, 나이 때문에 점점 빈번하게 엄습하는 무기력 속에서 허우적거리던 페어웰이 귀를 쫑긋하더니 하나도 빼먹지 말고 모두 다 이야기해 달라고 부탁했다. 그래서 그리했다. 그들이 내게 접촉해 온 방식, 강의를 한 라스 콘데스 구의 저택, 누구보다도 경청을 한 그 학생들의 긍정적인 답변, 밤늦게까지 이어진 강의에도 지속된 관심, 강의 보수, 이제는 별 상관도 없고 기억조차 나지 않는 자질구레한 일들까지 페어웰에게 이야기해 주었다. 그러자 페어웰은 눈을 게슴츠레하게 뜨고 나를 바라보았다. 갑자기 내가 누구인지 모르겠다는 듯, 내 얼굴에서 다른 얼굴을 발견이라도 한 듯, 내가 권력의 영역에 예기치 않게 진입한 모습에 씁쓸한 질투심을 느끼기라도 한 듯했다. 그는 스스로를 억제하는 듯한 목소리로, 당장은 질문의 절반만 털어놓을 수밖에 없다는 듯한 목소리로 피노체트 장군이 어떤 사람인지 물었다. 나는 진짜 인간이 아닌 소설 속 인물처럼 어깨를 움찔했다. 페어웰이 말했다. 그분에게는 뭔가 특별한 점이 있을 거야. 나는 또다시 어깨를 움찔했다. 페어웰은 좀 생각해 봐, 빌어먹을 신부 같으니라는 의미일 수도 있을 어조로 좀 생각해 봐, 세바스티안이라고 말했다. 나는 어깨를 움찔하고 생각하는 척했다. 중국인 눈으로 변한 페어웰의 눈은 노인 특유의 잔인함으로 시종일관 내 눈을 파고들고 있었다. 그래서 두 번째인가 세 번째 강의 시작 몇 분 전 비교적 조용할 때 처음으로 피노체트 장군과 이야기를 나눈 기억이 떠올랐다. 내가 찻잔을 무르팍에 올려놓고 앉아 있을 때, 군복을 입은 위풍당당한 장군이 다가와 아옌데가 무슨 책들을 읽었는지 아는지 물었다. 나는 찻잔을 쟁반에 놓고 일어났다. 그러자 장군이 말했다. 신부님, 앉으시죠. 아니 말없이 그저 손짓으로 앉으라고 했던가. 그러고는 곧 시작될 수업, 높은 벽으로 둘러싸인 복도, 부산한 학생들에 대해 무슨 이야기인가를 했다. 나는 성자처럼 미소를 지으며 맞장구를 쳤다. 그러자 장군이 아옌데가 무슨 책을 읽었는지 아는지, 아옌데가 지식인이라고 믿는지 물었다. 놀라서 어떻게 답해야 할지 모르겠더라고요, 내가 페어웰에게 말했다. 장군이 제게 말했죠. 요새 모든 사람이 다 아옌데를 순교자처럼 또 지식인처럼 말하오. 그냥 순교자는 이제 별로 관심을 끌지 못하니까. 안 그렇소? 나는 고개를 끄덕이며 성자처럼 미소를 지었다. 하지만 지식인이 아니었소. 책도 안 읽고 연구도 하지 않는 지식인 부류가 있다면 또 모를까. 어찌 생각하시오? 나는 상처 입은 작은 새처럼 어깨를 움칫했다. 그런 지식인은 없어요, 장군이 말했다. 지식인이라면 책을 읽고 연구를 해야 하는 법이오. 그렇지 않으면 지식인이 아니라는 것쯤은 바보 천치도 다 알지. 아옌데가 무엇을 읽은 줄 아시오? 나는 천천히 고개를 가로저으며 미소 지었다. 잡지 나부랭이요. 잡지 나부랭이만 읽었을 뿐이오. 책 요약한 것이나 부하들이 스크랩해 주는 기사들이나 읽었다오. 정통한 소식통을 통해 알고 있소, 정말이오. 그럴지도 모른다고 늘 생각했습니다, 내가 작은 목소리로 말했다. 당신의 의심은 충분한 근거가 있는 의심이오. 프레이[42]는 어떤 책을 읽었을 것

42 Eduardo Frei. 1964~1970년 재임한 칠레 대통령.
43 Jorge Alessandri. 1958~1964년 재임한 칠레 대통령.

같소? 모르겠습니다, 장군님, 내가 한결 마음을 놓고 중얼거렸다. 아무것도, 아무것도 읽지 않았소. 얼마나 책을 안 읽는지 성경조차 읽지 않았단 말이오. 사제로서 그런 걸 어떻게 생각하시오? 그에 대해서는 딱히 생각해 본 적이 없습니다, 장군님, 내가 더듬거리며 말했다. 기독교민주당을 창당한 사람 중 하나라면 적어도 성경은 읽었을 수도 있을 텐데, 안 그렇소? 장군이 말했다. 그렇죠, 내가 중얼거렸다. 그를 비난하려고 이런 이야기를 하는 것이 아니오. 이를테면 알려 드리는 것이지. 사실이 그렇고 그대에게 알려 주는 것이지 내가 무슨 결론을 내리는 것은 아니오. 적어도 아직까지는 말이오, 그렇죠? 그렇습니다, 내가 말했다. 알레산드리[43]는 또 어떻고? 알레산드리가 읽은 책들에 대해 상상해 본 적이 있소? 아니오, 장군님, 내가 미소를 띠며 작은 목소리로 말했다. 연애 소설 따위나 읽었소! 알레산드리 대통령이 연애 소설을 읽는다, 가당키나 한 일인지, 어떻게 생각하시오? 믿기지 않네요, 장군님. 알레산드리라면 당연하다고 할 수 있죠. 아니, 당연하다기보다 꽤 논리적이오, 독서 성향이 그리 흐르는 것이 논리적이란 말이오. 무슨 말인지 알겠소? 잘 모르겠습니다, 장군님, 내가 고심하는 표정을 지으며 말했다. 그래요, 불쌍한 알레산드리라면, 피노체트 장군이 말하더니 나를 뚫어지게 쳐다보았다. 아, 그렇군요, 내가 말했다. 이제는 무슨 말인지 알겠소? 알겠습니다, 장군님. 알레산드리가 쓴 글 중에서 기억나는 것

있소? 그의 무명 대필 작가들이 쓴 것 말고 혼자 쓴 것 중에 말이오. 없는 것 같네요, 장군님, 내가 나지막이 말했다. 당연히 없소, 아무것도 쓰지 않았으니. 프레이와 아옌데도 마찬가지요. 책도 안 읽고 글도 쓰지 않았소. 교양 있는 사람인 척들 했지만 세 사람 다 읽지도 쓰지도 않았단 말이오. 책을 가까이 하는 사람, 심지어 신문이라도 읽는 사람들이 아니었소. 그렇게 생각하면 그렇네요, 내가 성자처럼 미소 지으며 말했다. 그러자 장군이 내게 말했다. 내가 책을 몇 권 썼는지 아시오? 저는 일순 얼어붙어 버렸습니다, 내가 페어웰에게 말했다. 전혀 모르는 일이었으니까요. 서너 권 썼지, 페어웰이 확신에 차 말했다. 어쨌든 저는 몰랐기 때문에 모른다는 사실을 인정해야 했습니다. 세 권이오, 장군이 말했다. 별로 알려지지 않은 출판사나 전문 출판사에서만 내서 그렇지. 그런데 차 좀 드시죠, 신부님, 차가 식겠어요. 정말로 놀라운 이야기, 정말로 좋은 이야기네요, 내가 말했다. 흠, 군 관련 서적입니다. 군의 역사, 지정학 등 관계자 외에는 아무도 관심을 가질 주제가 아니지요. 환상적인 일이네요, 세 권이라면, 내가 갈라지는 목소리로 말했다. 또 미국 저널들을 비롯해 여러 군데에 수많은 글을 썼소. 물론 영어로 번역되어서 실렸죠. 장군님 책을 읽어 보면 정말 좋겠습니다, 내가 작은 목소리로 말했다. 국립 도서관에 가보시면 세 권 다 있소. 내일 당장 꼭 가보아야겠네요. 장군은 내 말을 듣고 있는 것 같지 않았다. 누구의 도움도 받지 않고 나 혼자 썼소, 세 권을 말이오. 한 권은 꽤 두꺼운데도 누구의 도움도 없이 눈에 불을 켜고 집필했소. 온갖 성격의 수없이 많은 글을 늘 썼소. 물론 군과 관계된 글이지만. 나는 계속 이야기를 하라는 듯 내내 맞장구를 쳤지만, 잠깐 동안 우리는 침묵을 지키게 되었다. 왜 이런 이야기를 한다고 생각하시오?, 장군이 갑자기 내게 물었다. 나는 어깨를 움찟거리며 성자처럼 미소 지었다. 오해의 소지를 없애려고 그럽니다, 그가 말했다. 내가 독서에 관심이 많고, 역사책과 정치이론서와 심지어 소설을 읽는다는 것을 당신이 알아주었으면 합니다. 마지막 읽은 소설은 라푸르카데의 『하얀 비둘기 새끼』였소. 전형적인 청춘 소설이지만, 나야 시류에 맞추는 걸 경멸하지 않는 사람이라 읽어 보았고 마음에 들었소. 당신은 읽어 보았소? 네, 장군님. 어떻게 생각하시오? 훌륭한 책입니다. 그 소설에 대해 평론을 쓴 적이 있고 꽤 예찬을 했습니다. 글쎄요, 그 정도는 아닌 것 같소만, 피노체트가 말했다. 사실 그렇습니다, 내가 말했다. 우리는 다시 침묵을 지켰다. 갑자기 장군이 내 무릎에 손을 얹었습니다, 페어웰에게 말했다. 소름이 끼쳤습니다. 계속 손길이 느껴져 잠시 아득해지더군요. 왜 내가 마르크스주의의 기초를 배운다고 생각하시오?, 장군이 내게 물었다. 조국에 더 훌륭한 봉사를 하려고 그러시겠죠, 장군님. 바로 그렇소. 칠레의 적들을 이해하고, 어떻게 생각하는지 알고, 그들이 어디까지 갈 작정인지 짐작하기 위해서요. 확실히 말하건대, 나는 내가 어디까지 갈 작정인지 알고 있소. 하지만 그들이 어디까지 갈 작정인지도 알고 싶소. 게다가 나는 공부하는 것이 두렵지 않소. 매일 무언가 새로운 것을 배울 준비가 되어 있어야 하오. 나는 책을 읽고 글을 쓰오. 늘 말이오. 아옌데나 프레이나 알레산드리에 대해서는 그런 말을 할 수가 없소, 안 그렇소? 나는 세 번을 맞장구쳤다. 신부님, 그러니 당신이 나 때문에 시간을 빼앗기는 것도 아니고, 내가 당신 때문에 시간을 빼앗기는 것도 아니라는 말이오. 맞죠? 맞고말고요, 장군님. 내가 이 이야기를 마쳤을 때, 세월과 비에 혹한 때문에 작동되지 않거나 부서진 곰 사냥용 덫처럼 반쯤 감긴 페어웰의 눈이 아직도 나를 바라보고 있었다. 20세기 칠레의 위대한 문학 비평가가 죽어 버린 듯한 인상을 받았다. 제가 잘한 것인가요, 잘못한 것인가요?, 내가 소곤소곤 물었다. 대답이 없어서 똑같은 질문을 되풀이했다. 제가 올바른 일을 한 것인가요 아니면 지나친 일이었나요? 페어웰이 되물었다. 필요한 행동이었는가 아니면 불필요한 행동이었는가? 필요하고, 필요하고, 필요했죠, 내가 말했다. 이 대답만으로 그에게는 충분한 듯싶었다. 그 순간에는 나 역시 그랬다. 우리는 계속 식사를 하면서 이야기를 나누었다. 그러다가 내가 말했다. 제가 말씀드린 것을 다른 사람에게 한마디도 하시면 안 됩니다. 그야 물론이지, 페어웰이 말했다. 페레스 라루체 대령과 같은 어조라 할 만했다. 신사인줄 알았는데 그렇지 않았던 오데임 씨와 오이도 씨가 일전에 사용하던 어조와는 달랐다. 그러나 그다음 주, 이바카체 신부가 군사 평의회를 상대로 마르크스주의 강의를 했다는 이야기가 산티아고 전체에 파다하게 퍼지기 시작했다. 그 사실을 알았을 때 나는 얼어붙어 버렸다. 페어웰의 모습이 보였다. 아니, 그의 모습이 눈에 선했다. 애호하는 안락의자나 클럽의 자기 의자 혹은 수십 년 친분이 있는 부인네들의 응접실에 앉아, 이제는 비즈니스에 종사하는 퇴역 장군들과 영국식 옷차림의 호모들과 죽음이 머지않은 명망가 집안의 부인네들로 구성된 청중을 앞에 두고 군사 평의회 특강을 한 내 이야기를 어눌하지만 게거품을 물면서 하고 있는 페어웰의 모습이. 그 호모들과 다 죽어 가는 부인네들을 비롯해 기업 고문이 된 퇴역 장성들까지 즉각 다른 사람들에게 말을 옮기고, 이들은 또 다른 사람들에게 계속 말을 퍼뜨렸다. 물론 페어웰은 자신이 소문의 엔진이나 뇌관이나 불씨라는 사실을 부인했고 나는 그를 탓할 기운도 의욕도 없었다. 그저 전화기 앞에 앉아 친구들이나 옛 친구들의 전화, 경솔함을 탓하는 오이도 씨와 오데임 씨와 페레스 라루체의 전화, 혹은 원한을 품은 익명의 전화나 파다한 소문 중에서 어디까지 진실이고 어디까지 거짓인지 알고자 하는 교회 당국의 전화, 그것도 아니면 산티아고의 문화계에서 전화가 오기를 기다렸다. 그러나 아무도 내게 전화하지 않았다. 처음에는 이 침묵이 나라는 사람에 대한 일반적인 거부감의 표시라고 생각했다. 그러나 이윽고 사람들이 눈곱만큼도 관심이 없다는 사실을 알고 어안이 벙벙했다. 이 땅에 거주하는 사람들은 그저 아련한 햇빛과 번개와 연기가 어렴풋이 보일 뿐인 미지의 잿빛 지평선을 향해 묵묵히 가고 있는 중이었던 것이다. 그곳에는 무엇이 있을까? 우리는 알지 못했다. 소르델로가 없는 것은 확실했다. 구이도[44]도 없다. 푸르른 나무도 없다. 말을 달리지도 않는다. 토론도 연구도 없다. 우리는 우리의 영혼을 향해 혹은 구천을 떠도는 조상들의 영혼을 향해 가고 있는 중이었는지도 모른다. 눈곱이 끼거나 눈물이 그렁그렁한 눈, 맥이 풀렸거나 부끄러워하는 우리의 눈앞에 펼쳐진 평원, 우리의 공덕과 타인들의 공덕이 함께 펼쳐 놓은 끝없는 평원을 향해서. 그래서 내 마르크스주의 입문 강의는 아무런 반향이 없는 게 당연했다. 조만간 모두가 권력을 다시 공유하게 될 참이었으니까. 우익, 중도, 좌익 모두가 한통속이니까. 다소 윤리적인 문제는 있지. 하지만 미학적 문제는 전혀 없다. 오늘날 사회주의자[45]가 통치하고 있지만 우리들은 정말로 똑같은 삶을 살고 있다. 공산주의자(베를린 장벽이 아직 무너지지 않은 것처럼 살고 있는 이들), 기독교민주당, 사회주의자, 우파, 군부. 거꾸로 열거하든지. 거꾸로 열거

---

44 구이도 구이니첼리 Guido Guinizelli 혹은 구이도 카발칸티 Guido Cavalcanti를 지칭함. 두 사람 모두 이탈리아의 시인이며 단테의 『신곡』에 등장한다.
45 2000년에서 2006년까지 집권한 칠레의 리카르도 라고스 Ricardo Lagos 대통령을 지칭한다.

할 수도 있어! 하지만 순서를 바꾼다고 결과물이 바뀌나! 아무 문제 없어! 단지 가벼운 열병이었어! 단지 세 종류의 광기였어! 단지 지나치게 오래간 정신 착란일 뿐이었다고! 나는 다시 바깥출입을 할 수 있었고, 다시 지인들에게 전화를 할 수 있었고, 아무도 내게 뭐라고 하지 않았다. 그 철권통치와 침묵의 시절 오히려 많은 사람이 서평과 평론을 끈질기게 계속 발표하는 나를 예찬했다. 많은 사람이 내 시를 칭송했고! 여러 사람이 내게 접근해 부탁을 했어! 나는 추천, 칠레식 호의, 소소한 경력 포장 등을 남발했고, 덕을 본 사람들은 내게 영원한 구원을 얻은 듯 감사했어! 결국 우리는 모두 이성적이었고(그 당시 어디를 방랑하는지, 어느 구석에 처박혀 있는지 아무도 몰랐던 늙다리 청년만 빼고), 모두가 칠레인이었고, 모두가 평범하고 신중하고 논리적이고 온건하고 진중하고 현명한 사람들이었다. 우리는 모두 무엇인가를 해야 한다는 것을, 또 희생의 시대와 그 뒤에 오는 건강한 성찰의 시대가 〈필요〉하다는 것을 알고 있었다. 나는 이따금 밤에 불을 꺼놓은 채 의자에 앉아 낮은 목소리로 파쇼*fascista*와 파당*faccioso*이 무슨 차이가 있는지 자문했다. 두 개의 단어일 뿐이다. 그저 두 개의 단어. 가끔은 한 단어이지만 보통은 두 개의 단어일 뿐이다. 그리하여 나는 바깥출입을 하기 시작했고, 내가 제일 좋은 세상은 아니라도 〈가능한〉 세상, 〈실제〉 세상에 있다는 막연한 느낌으로 산티아고의 공기를 호흡했다. 내가 생각해도 이상한 시집을 출간하기도 했다. 내 펜에서 나온 것이라고 보기에는, 내가 쓴 것이라고 보기에는 이상한 시집이지만, 나와 독자들의 자유에 기여하기 위해서 출간했다. 그리고 수업과 강연도 재개하고, 스페인 팜플로나에서 다른 책도 한 권 냈다. 마침내 내가 세계의 공항을 누비는 시절이 도래했다. 세련된 유럽인들과 진중한(게다가 피곤에 절은 듯한) 미국인들 사이를, 보기만 해도 기분이 좋은 이탈리아와 독일과 프랑스와 영국의 멋쟁이 신사들 사이를 누볐다. 그들 사이를 나는, 신의 존재를 느낀 듯 갑자기 열리는 자동문 때문에 혹은 에어컨 바람 때문에 휘날리는 사제복 차림으로 다녔다. 펄럭이는 내 소박한 사제복을 보면서 모두들 말했다. 저기 세바스티안 신부가 가네, 정열적이고 그 빛나는 칠레인 우루티아 신부 말이야. 세계를 누비고 난 후에는 늘 그렇듯이 칠레로 돌아왔다. 돌아오지 않으면 그 〈빛나는 칠레인〉이 아닐 테니까. 신문에 서평과 평론도 계속 썼다. 무심한 독자들이야 문화에 대한 내 차별화된 태도를 거의 느끼지 못했겠지만, 그리스인과 로마인, 프로방스인, 돌체 스틸 노보[46]로 된 작품들을, 스페인과 프랑스와 영국의 고전을 읽으라고, 휘트먼과 파운드와 엘리엇, 네루다와 보르헤스와 바예호,[47] 위고를

---

46 Dolce Stil Novo. 12세기 중엽부터 활발한 활동을 한 시칠리아풍의 시인들을 높이 평가한 단테가 이들의 문체를 이렇게 규정하였다. 구이니첼리, 카발칸티 등이 대표적이며 국내에서는 청신체(清新體)로 번역하기도 한다.

47 César Vallejo(1892~1938). 페루의 전투적인 정치적 시인.

읽으라고, 제발 톨스토이를 읽으라고, 더 많은 문화!, 더 많은 문화! 하고 소리 높이 요구하고 심지어 애걸하는 평론들이었다. 문화의 불모지에서 잘난 척 날뛰고, 때로는 처절한 비명으로 변하는 내 아우성은 내 글의 표면을 집게손가락 끝으로 후벼 팔 줄 아는 사람들, 많지는 않으나 내게는 충분한 그런 사람들에게만 들릴 뿐이었다. 삶은 계속되고 계속되고 계속되었다. 마치 알갱이마다 미세하게 풍경을 그려 넣은 쌀알 목걸이 같은 삶이었다. 모든 사람이 그런 목걸이를 하고 있지만, 그 누구도 목걸이를 벗어 눈에 가까이 대고 알갱이마다 담겨 있는 풍경을 해독할 충분한 인내심이나 용의가 없다는 것을 나는 알고 있었다. 쌀알 미니어처가 살쾡이나 독수리의 눈을 요하는 측면도 있고, 그 풍경들이 관(棺), 공동묘지 조감도, 인적 없는 도시, 심연과 정상(頂上), 존재의 하찮음과 그 존재의 우스꽝스러운 의지, 텔레비전을 보는 사람들, 축구 시합을 하는 사람들, 칠레의 상상력을 순회 항해하는 거대한 항공모함을 방불케 하는 권태 등의 불쾌한 놀라움을 안겨 주곤 하기 때문이다. 그것이 진실이었다. 우리는 권태에 찌들어 있었다. 우리는 책을 읽었고, 권태를 느꼈다. 지식인들이란, 밤이고 낮이고 책만 읽을 수 있는 것도 아니고, 밤이고 낮이고 글을 쓸 수 있는 것도 아니다. 우리는 앞을 못 보는 티탄도 아니었고 지금도 아니다. 요즈음도 그렇지만 그 당시에도 칠레 문인과 예술가들은 가능하면 쾌적한 장소에서 똑똑한 사람들과 만나 대화를 나눌 필요가 있었다. 주로 정치적 성격이라기보다 개인적 성격의 문제들 때문에 많은 친구들이 칠레를 떠나 버렸다는 무시할 수 없는 상황 말고도 통금이 문제였다. 밤 10시에 다 문을 닫아 버리니 지식인과 예술가들이 대체 어디서 만날 수 있겠는가? 다들 알고 있듯이 밤이란 만남을 가지고, 속을 털어놓고, 비슷한 사람들 사이에 대화를 하기에 적절한 시간이거늘. 예술가들, 문인들. 하 수상한 시절. 늙다리 청년의 얼굴을 보고 있는 듯했다. 진짜 보이는 것도 아닌데 그런 것 같다. 그가 콧잔등을 찡그리고, 지평선을 뜯어보고, 머리끝부터 발끝까지 전율한다. 진짜 보이는 것도 아닌데, 머리 위로 순식간에 지나가는 먹구름 아래 낮은 언덕에 웅크리고 앉아 있거나 네 발로 엎드려 있는 모습을 보는 듯하다. 처음에는 낮은 언덕이었는데 이내 성당 안뜰로 변한다. 먹구름처럼 검은 안뜰, 구름처럼 전기를 머금고 있는 안뜰, 물기 혹은 핏빛으로 빛나는 그런 안뜰에서 늙다리 청년이 몸을 계속 부르르 떨고, 콧잔등을 찡그리고, 이윽고 역사에 뛰어든다. 그러나 역사, 진정한 역사는 나만 알고 있다. 그 역사는 단순하고 잔인하고 진실해서 우리를 웃게 만들 것이다. 웃다가 죽을 지경으로 몰아넣을 것이다. 그러나 우리는 오직 울 줄만 안다. 우리가 신념을 가지고 하는 유일한 일은 우는 일이다. 당시에는 통금이 존재했다. 식당과 바는 일찍 문을 닫았다. 사람들은 현명한 시간대에 귀가했다. 문인과 예술가들이 모여서 실컷 마시고 이야기를 나눌 만한 장소는 많지 않았다. 그것이 진실이다. 그렇게 세월이 흘렀다. 한 여인이 있었다. 마리아 카날레스라고 불렸다. 작가이고, 외모가 수려하고, 젊은 여성이었다. 내 생각에는 나름대로 재주가 있었다. 나는 아직도 그렇게 생각한다. 재주, 뭐랄까?, 자기 자신 속으로 숨고, 자기만의 꼬투리에 갇혀 있고, 내면에 파묻히는 재주이다. 다른 이들은 그런 재주를 벗어던지고, 커튼을 걷고, 망각해 버렸다. 벌거벗은 늙다리 청년이 먹잇감을 덮친다. 하지만 나는 마리아 카날레스 이야기를 직접 겪었고 무슨 일이 있었는지 다 안다. 그녀는 작가였다. 아직도 그럴지도 모른다. 문인들은(그리고 평론가들은) 갈 곳이 별로 없었다. 마리아 카날레스는 교외에 저택이 있었다. 나무가 울창한 정원에 둘러싸인 커다란 집, 쾌적한 응접실과 벽난로와 좋은 위스키와 코냑이 있는 집, 일주일에 한두 번, 어쩌다가는 세 번이나 친구들에게 개방되는 집이었다. 우리가 어떻게 그녀를 알게 되었는지는 모르겠다. 아마 그녀가 어느 날 신문사 편집국이나 잡지 편집국이나 칠레 문인 협회 회관에 나타났으리라. 문학 창작 교실을 수강했을지도 모른다. 확실한 것은 얼마 안 가 우리 모두가 그녀를 알게 되었고, 그녀도 우리 모두를 알게 되었다는 사실이다. 그녀는 서글서글했다. 외모가 수려한 여자였다는 말은 벌써 했다. 밤색 머리에 커다란 눈을 한 그녀는 누군가 읽어 보라고 권하면 그 책들을 다 읽어치웠다. 아니 그런 척했는지도 모른다. 그녀는 전시회에 다니고는 했다. 어쩌면 우리는 전시회에서 그녀를 알게 되었을지도 모른다. 전시회에서 나오면서 내친김에 자기 집에서 파티를 하자고 일단의 사람들을 초대한 것 같다. 벌써 말했지만, 외모가 수려한 여자였다. 예술을 좋아하고, 그녀의 교양 수준이 문인들의 교양보다 폭이 좁아서 그런지 아니면 본인이 그저 그렇게 생각했는지 화가들과의 대화, 퍼포먼스와 비디오 아트에 종사하는 이들과의 대화를 즐겼다. 그러고는 문인들과 어울리기 시작하고, 이들도 폭넓은 교양의 소유자들이 아니라는 것을 깨달았다. 아마 위안이 되었을 것이다. 지극히 칠레적인 위안이었다. 신의 손길에서 버림받은 이 나라에서는 정말 소수의 사람들만 교양이 있다. 나머지 사람들은 아무것도 모른다. 하지만 사람들은 친절하고 사랑받게 처신한다. 마리아 카날레스는 친절하고 사랑받게 처신했다. 즉, 인심이 넉넉했고, 오직 손님의 편안함만 신경 쓰는 듯했고, 이를 위해 갖은 정성을 다했다. 사실 사람들은 그 문학 모임 혹은 문학 동호회 혹은 야회(夜會) 혹은 신참 작가의 계몽주의적 습격을 즐겼다. 그녀에게는 아들이 둘 있었다. 내가 아직 하지 않은 이야기이다. 내 기억이 틀림없다면, 둘 다 어려서 큰애가 두세 살, 작은애가 8개월 정도였고, 남편은 제임스 톰슨이라는 미국인이었다. 그는 어느 미국 기업의 대표 혹은 중역으로, 그 회사는 막 칠레와

---

48 *criollo*. 주로 백인계를 지칭하는 말이지만 여기서는 칠레인이라는 의미로 사용되었다.

아르헨티나에 지사를 설립했다. 마리아 카날레스는 남편을 지미라고 불렀다. 물론 우리 모두 지미를 알게 되었다. 나도 알게 되었다. 키가 크고, 머리카락은 마리아 카날레스보다 조금 더 밝은 밤색이고, 말수는 많지 않지만 교양 있는 전형적인 미국인이었다. 가끔 마리아 카날레스의 예술인 모임에 참석했고, 보통 그날 밤 손님들 중에서 좀 떨어지는 사람들의 이야기를 무한한 인내로 듣기만 했다. 아이들은 손님들이 각양각색의 즐거운 차량 행렬로 집에 다다를 시간에는 보통 그 3층 저택의 2층 자기 방에서 잠을 자고 있었다. 가끔은 잠옷을 입은 아이들이 가정부나 보모에게 안겨 내려와 집으로 들어서는 손님들에게 인사를 했고, 귀엽다느니 예절이 바르다느니 엄마나 아빠를 많이 닮았다느니 하는 호들갑을 감수했다. 사실 나처럼 이름이 세바스티안인 큰애는 어느 쪽도 닮지 않았다. 애칭이 지미인 작은애는 아버지 지미를 꼭 빼닮았고, 마리아 카날레스의 크리오요[48] 외모도 좀 물려받았지만. 인사를 마치면 아이들도 사라지고, 가정부도 사라져 아이들 방 옆방에 틀어박혀 있었다. 그러면 아래층에 있는 마리아 카날레스의 넓은 응접실에서 파티가 시작되고, 주인은 모두에게 위스키를 따라 주고, 누군가가 드뷔시의 음반이나 베를린 필하모닉이 연주한 베베른의 음반을 틀고, 곧이어 시를 낭송하는 사람이 생기는가 하면 큰 목소리로 이 소설 저 소설의 미덕을 과장하는 이가 있고, 회화와 현대 무용에 대한 토론이 벌어지고, 삼삼오오

짝을 이루고, 모(某) 작가의 최근 작품을 비판하고, 아무개의 최근 퍼포먼스를 극찬하고, 하품들을 하고, 가끔 젊은 반체제 시인이 내게 다가와 파운드를 논하다가 마지막에는 자기 작품 이야기를 하고(젊은 작가들의 정치적 성향이 어떻든 간에 나는 늘 그들 작품에 관심이 있었다), 주인이 엠파나다[49]가 가득 담긴 쟁반을 들고 갑자기 나타나고, 울기 시작하는 사람이 있는가 하면 노래를 불러 대는 사람들도 있었다. 통금이 해제된 뒤, 아침 6시나 7시에 우리 모두 비틀거리며 줄지어 자동차 쪽으로 향했다. 서로 부둥켜안고 가는 사람들이 있는가 하면 반쯤 잠이 든 채 걷는 사람이 있고, 대부분의 사람이 행복해했다. 이윽고 예닐곱 대 자동차 엔진이 아침의 고요를 깨뜨려 정원의 새소리가 잠시 숨을 죽이고, 주인이 현관에서 손을 흔들고, 자동차들이 정원을 빠져나가기 시작하고, 이미 우리 중 누군가가 육중한 철문을 열어 놓은 뒤이고, 마지막 자동차가 그 집, 즉 인심 좋은 성채의 경계를 넘어설 때까지 마리아 카날레스는 계속 현관에 서 있었다. 차들이 산티아고 교외의 황량하고 끝없는 거리들을 줄지어 가는 동안, 길 양편에 외딴집들과 방치되거나 관리가 부실한 별장들만 있고 그 끝없는 지평선을 따라 미개간지가 늘어선 그 거리들을 가는 동안, 태양이 안데스 산맥 위로 모습을 드러내고, 도심에서는 새날의 불협화음이

---

49 만두 비슷하게 생긴 음식.
50 Mapuche. 칠레 원주민.

들려왔다. 일주일 뒤면 우리는 그곳에 또다시 있었다. 말이 그렇다는 것이다. 나는 매주 가지는 않았으니까. 마리아 카날레스의 집에 한 달에 한 번꼴로 갔다고. 어쩌면 더 가끔. 그러나 매주 가는 문인들이 있었어. 아니 더 자주! 지금은 모두들 그 사실을 부정하지만. 매주 간 사람은 나라고 능히 말할 작자들이다. 일주일에 한 번 이상 간 사람이 나라고! 하지만 그 이야기는 늙다리 청년까지도 거짓임을 알고 있다. 그래서 그 이야기는 배제되었다. 나는 별로 가지 않았다. 최소한 많이 가지는 않았다. 하지만 그 집에 갔을 때 나는 눈을 시퍼렇게 뜨고 있었고, 위스키에 판단력이 흐려지지도 않았다. 나는 일어나는 일들을 예의주시했다. 가령 어린 동명이인인 세바스티안을, 그 아이의 갸름한 얼굴을 예의주시했다. 한번은 가정부가 세바스티안을 데리고 내려왔고, 나는 그 아이를 뺏으면서 아이에게 무슨 일인지 물었다. 순수 마푸체[50]인 가정부는 나를 응시하면서 아이를 빼앗으려고 했다. 나는 그녀를 피했다. 무슨 일이지, 세바스티안?, 그때까지 쓴 적이 없는 부드러운 말투로 아이에게 물었다. 아이는 커다란 푸른 눈으로 나를 쳐다보았다. 나는 손을 아이 얼굴에 갖다 댔다. 얼굴이 얼마나 차갑던지. 내 눈에 눈물이 고이는 것을 갑자기 느꼈다. 그러자 가정부가 아주 거칠게 아이를 뺏어 갔다. 그녀에게 나는 사제라고 말하고 싶었다. 무엇인가가, 아마도 우스꽝스럽다는 감정, 즉 우리 칠레인들이 소유하고 있는 가장 예민한 감정이 나를 제지했다. 아이가 다시 계단을 올라갈 때, 자신을 안고 가는 가정부 어깨 너머로 나를 바라보았고, 그 커다란 눈망울이 원치 않는 광경을 보았다는 인상을 받았다. 마리아 카날레스는 세바스티안을 아주 자랑스러워했다. 아이의 총명함을 칭찬했다. 작은아이에 대해서는 당돌함과 대담함을 칭찬했다. 나는 그 이야기를 거의 듣지 않았다. 모든 엄마가 똑같은 바보 소리를 늘어놓는다. 사실 나는 장래가 유망한 예술가들, 칠레를 떠난 이들이 남긴 빈자리를 지칭하는 다소 모호한 영어식 표현인 〈새로운 칠레적 풍경〉을 무(無)에서(혹은 남몰래 읽은 것에서) 창조할 용의가 있으며 이 〈새로운 칠레적 풍경〉을 당시 발아하고 있는 자신들의 작품으로 메우고 채우고자 한 이들과 이야기를 나누었다. 나는 그들과 이야기를 나누고, (나처럼) 부정기적으로 산티아고 교외의 그 저택에 나타나 영국의 형이상학적 시나 최근 뉴욕에서 본 영화를 논하는 오랜 친구들과 이야기를 나누었다. 마리아 카날레스와는 두어 번 사사로운 이야기를 나누었을 뿐이고, 한번은 그녀의 단편을 읽을 기회가 있었다. 나중에 좌파 성향의 문학지 공모전에서 1등을 한 작품이었다. 그 공모전 기억이 난다. 나는 심사 위원은 아니었다. 심사 위원이 되어 달라는 요청도 없었다. 요청이 있었다면 맡았을 것이다. 문학은 문학이니까. 하지만 분명 나는 심사 위원이 아니었다. 심사 위원이었다면 마리아 카날레스에게 1등

51 사실은 이들도 문인으로서는 하찮은 인물들이다.

상을 주지는 않았으리라. 그녀의 단편은 나쁘지는 않았지만 좋은 작품과는 거리가 멀었다. 저자와 마찬가지로 의욕 덕분에 중간치 정도는 되었다. 나는 당시 아직 살아 있던 페어웰에게 그 단편을 보여 주었다. 그는 이미 거의 외출도 하지 않는데다가 사람들과 거의 대화가 없거나 오랜 교우가 있는 부인네들하고만 대화를 나누어서 마리아 카날레스 집의 문학 모임에 한 번도 간 적이 없었다. 페어웰은 달랑 몇 줄 읽더니만 볼리비아에서조차 상 받을 자격이 없는 경악스러운 작품이라고 말하고는, 라파엘 말루엔다, 후안 데 아르마사, 기예르모 라바르카 허버트슨[51]만한 인물이 더 이상 없는 칠레 문학의 현주소를 개탄했다. 페어웰은 자신의 안락의자에 앉아 있었고, 나는 가까운 친구들만 앉는 맞은편 안락의자에 앉아 있었다. 내가 눈을 감고 고개를 떨군 기억이 난다. 오늘날 누가 후안 데 아르마사를 기억한다고?, 뱀 소리가 들리는 가운데 석양이 저물 때 내가 생각했다. 페어웰과 기억력 좋은 어느 노파나 기억하겠지. 남부 지방에 파묻혀 있는 문학 교수나 기억하겠지. 완벽하지만 존재하지도 않았던 과거에 마음이 꽂힌 아르마사의 광기 어린 손자나. 우리에게는 아무것도 없어, 내가 중얼거렸다. 뭐라고?, 페어웰이 물었다. 아무것도 아닙니다. 자네 괜찮은가? 아주 말짱합니다. 그리고 페어웰과 함께 가라앉고 있는 그의 집에서 내가 말했거나 생각했다, 대화 두 번이야. 아니 어쩌면 신학교 내 침실에서였던가. 마리아 카날레스와는 단 두 번 이야기를 나누었을 뿐이기 때문이다. 그녀의 문학 모임에서 나는 으레 커다란 창문이 있는 계단 근처 한구석에 앉아 있었다. 늘 싱싱한 꽃이 꽂혀 있는 도자기 꽃병이 놓인 탁자가 있는 곳이었다. 나는 그 구석을 떠나지 않았고, 그 구석에서 절망에 빠진 시인, 페미니스트 여성 소설가, 전위주의 화가와 이야기하면서 마푸체 가정부와 세바스티안의 하강 의식을 고대하며 계단에 눈길을 주고 있었다. 가끔 마리아 카날레스가 우리 그룹에 끼어들었다. 그녀는 항상 사근사근했다! 정말로 하찮은 내 바람도 들어줄 용의가 있었어! 그러나 내 생각에 그녀는 내 말, 내 논지는 거의 이해하지 못했다. 이해하는 척했지만 어떻게 이해가 되겠나. 절망에 빠진 시인의 말도 알아듣지 못했다. 페미니스트 여성 소설가의 고민에 대해서는 다소나마 이해를 했고, 전위주의 화가의 계획에는 열광했지만. 그러나 전반적으로 그녀는 듣기만 했다. 내가 있는 구석, 내 철통 같은 그룹에 끼어들 때는 말이다. 그 넓은 응접실의 다른 영역에서는 주도권을 쥐는 사람은 으레 그녀였다. 그리고 사람들이 정치에 대해 이야기할 때, 마리아 카날레스의 확고함은 요지부동이었고, 뭔가 평가를 내려야 할 때면 그녀의 고운 목소리는 주저 없이 끼어들었다. 그렇다고 그녀가 완벽한 주인 역을 포기한 것

---

52 *ladino*. 주로 메스티소(혼혈인)의 동의어로 쓰이는데, 라디노는 백인과 원주민에게 기회주의자나 의뭉스러운 사람으로 매도되는 일이 많았다.

은 아니었다. 드러난 자신의 신념을 칠레식 농담으로 얼버무릴 줄 알았다. 한번은 내게 다가와(나는 어린 세바스티안과 그 어쩔 줄 몰라 하던 얼굴을 생각하면서 위스키 잔을 들고 혼자 있었다) 불현듯 그 페미니스트 여성 소설가에 대한 존경심을 털어놓았다. 그녀처럼 쓸 수 있으면 좋겠어요, 그녀가 말했다. 나는 솔직하게 대답했다. 그녀 작품에서 많은 부분이 1950년대의 몇몇 프랑스 여성 작가를 서투르게 번역한 것입니다(부당한 말은 아니어도 늘 혹독한 표현인 표절이라는 말을 사용하지 않으려고 번역이라고 했다). 나는 그녀의 얼굴을 관찰했다. 말할 나위 없이 라디노[52]의 얼굴이었다. 그녀는 무표정하게 나를 바라보다가 점점 미소인지 아니면 그저 미소의 징후인지 모를 표정을 지었다. 미소를 지었다고 말할 사람은 없었겠지만, 나는 가톨릭 사제라서 미소라는 것을 금방 알아챘다. 다만 미소의 성격은 가늠하기 더 힘들었다. 만족의 미소였을지도 모른다. 그런데 뭐에 만족했을까? 식별의 미소, 즉 대답을 듣고 내 얼굴을 〈쳐다보고〉 비로소 내가 누구인지 〈알았다는〉(전형적인 라디노인 그녀가 아는 척한 것인지도 모른다) 뜻이었는지도 모른다. 단지 공허함의 미소, 즉 공허함 속에 신비롭게 피어났다가 공허함 속에 해체되는 미소였을지도 모른다. 그러니까 그녀의 작품이 마음에 들지 않으시는군요, 그녀가 말했다. 미소가 사라지고 그녀의 얼굴은 다시 어리석은 표정을 되찾았다. 물론 마음에 듭니다. 단지 단점을 비판적으로 검증하는 것뿐이죠. 너무 어처구니없는 말이었다. 침대에 힘없이 누워 내 가련한 해골을 팔꿈치에 완전히 의지하고 있는 지금 그런 생각이 든다. 너무 외교적인 말이고, 너무 앞뒤가 맞지 않는 말이고, 너무 멍청한 말이었다. 누구나 단점은 있는 법이지요, 내가 그녀에게 말했다. 정말 지랄 같은 말이었다. 천재들이나 흠 없는 작품을 선보일 수 있겠죠. 정말 짜증 나는 말이었다. 팔꿈치가 흔들린다. 침대가 흔들린다. 시트와 담요가 흔들린다. 늙다리 청년은 어디 있는 거야? 내 실수담이 우습지도 않나? 내 황당무계함, 가벼우면서도 치명적인 실수담을 왜 거리낌 없이 비웃지 않지? 이제는 지겨워져서, 소르델 흉내를 내며, 소르델로, 어느 소르델로냐고?, 돌고 있는 청동 침대 옆에 더는 없는 건가? 마음대로 하라지. 나는 그녀에게 말했다. 누구나 흠은 있는 법이지요. 하지만 미덕을 보아야만 합니다. 이렇게도 덧붙였다. 어쨌든 우리는 모두 작가이고, 우리가 갈 길은 멀고 돌멩이투성이입니다. 마리아 카날레스는 밑바닥에 깔려 있는 고통받는 바보의 얼굴로 나를 평가하는 듯이 쳐다보다가 말했다. 정말 아름다운 말씀이십니다, 신부님. 나는 놀라서 그녀를 쳐다보았다. 그녀가 그때까지 나를 내 모든 문인 친구들처럼 세바스티안이라고 부르고 있었기 때문이기도 하고, 바로 그 순간 마푸체 보모가 아이 둘을 팔에 안고 계단을 내려오기 시작했기 때문이기도 했다. 한편으로는 마푸체 여인과 어린 세바스티안의 출현 때문에, 또 한

편으로는 사근사근하지만 진의가 들여다보이지 않는 역을 갑자기 버리고 다른 역, 훨씬 더 위험한 고해자 역을 취하기라도 하듯 신부님이라 부르는 마리아 카날레스의 태도, 그녀의 새로운 얼굴의 출현 때문에 권투에서 말하듯 나는 잠시 가드를 내리게 되었고(권투에서 이렇게 말하지, 아마), 또한 열락의 신비와 유사한 상태로 잠시 빠져들게 되었다. 그 신비는 우리 모두가 참여하고 마시는 것이지만 호명도 소통도 감지도 불가능하고, 내게 현기증을 유발하고, 가슴속에 물밀듯이 밀려드는 구토, 눈물과 열과 심장 박동과 쉬 혼동될 수 있는 구토를 유발했다. 그 인심 좋은 집을 떠난 후까지도 나와 이름이 같은 그 아이의 모습이 아른거렸다. 꼴사나운 보모의 팔에 안겨 나온 그 아이는, 자기 엄마의 주례 파티에서는, 자기 엄마가 매주 끌어들이는 즐겁고 걱정거리 없는 문인 떼거리 앞에서는 보지도 듣지도 말하지도 않겠다는 듯 입을 닫고 눈을 감고 천진난만한 작은 몸까지 잔뜩 웅크리고 있는 모습이었다. 아이 모습을 본 직후 무슨 일이 있었는지는 모른다. 내가 정신 줄을 놓은 것은 아니다. 그건 확실하다. 마리아 카날레스의 문학 모임에 결코 다시 가지 않겠다는 결심을 확고히 했을 수도 있다. 나는 페어웰과 대화를 나누었다. 페어웰은 이 모든 일과 무관했다. 가끔 네루다 이야기를 했는데 아직 시인이 살아 있다는 인상을 줄 정도였다. 가끔은 아우구스토에 대해 이야기했다. 여기도 아우구스토가 있고, 저기도 아우구스토가 있다보니, 사람들은 며칠까지는 아니라도 몇 시간 동안은 그가 문인 아우구스토 달마르를 언급하는지 깨닫지 못했다. 사실 이미 페어웰과는 대화가 불가능했다. 가끔 나는 페어웰을 응시하며 생각했다. 남 말 하는 늙은이, 뚜쟁이 늙은이, 주정뱅이 늙은이로 세상의 영화를 다 누리지. 하지만 그렇게 생각하면서도 몸을 놀려 그가 요청하는 장식품, 은이나 쇠로 만든 작은 조각품, 그가 읽지도 않고 어루만지기만 하는 블레스트 가나나 루이스 오레고 루코[53]의 고서들을 찾아 바쳤다. 문학은 어디에 있는 걸까?, 나 스스로 자문하곤 했다. 늙다리 청년이 옳은 것일까? 결국 그가 옳은 걸까? 시를 한 편 썼던가 써보려고 시도했다. 그 시 한 구절에 유리창을 통해 들여다보고 있는 푸른 눈의 아이가 등장했다. 끔찍하군, 유치해. 그 후 나는 마리아 카날레스의 집을 다시 찾았다. 모든 게 똑같았다. 집 바깥에, 적막한 거리들이 있는 산티아고의 그 지역에 통행금지가 내려져 있는 동안, 예술가들은 웃고, 마시고, 춤췄다. 나는 술을 마시지도 춤을 추지도 않고, 그저 성자의 미소를 짓고 있을 뿐이었다. 그리고 생각했다. 저택의 소란함과 불빛에도 불구하고 한 번도 경찰이나 전경이 들이닥치지 않는 게 이상하다고. 하찮은 단편으로 상을 받은 뒤였던 마리아 카날레스에 대해 생각했다. 이따금 몇 주, 심지어 몇 달씩 집을 비우는 그녀의 남편 지미 톰슨에

---

53 두 사람 다 칠레의 문인이다.
54 그리스 신화에 나오는 달의 여신.

대해 생각했다. 아이들, 특히 본인이 원하지 않는데도 성장하고 있는 내 작은 동명이인을 생각했다. 어느 날 밤인가는, 죽어 가면서 매사냥을 저주하던 부르고스 성당의 안토니오 신부 꿈을 꾸었다. 내가 산티아고 집에 있는데 덕지덕지 꿰매고 헝겊을 덧댄 반들거리는 사제복을 입은 생생한 모습으로 나타나 아무 말 없이 자신을 따라오라고 손짓했다. 나는 그의 말을 따랐다. 우리는 포석이 깔린 뜰로 나갔고 달빛이 비치고 있었다. 뜰 한가운데에 무슨 나무인지 잎이 다 떨어진 나무가 한 그루 있었다. 안토니오 신부가 주랑 현관이 있는 뜰 가장자리에서 그 나무를 단호하게 가리켰다. 불쌍한 신부, 팍삭 늙어 버렸군, 내가 생각했다. 그러면서도 그의 바람대로 그 나무를 응시하였고, 매 한 마리가 나뭇가지에 앉아 있는 것을 발견했다. 로드리고잖아!, 내가 소리쳤다. 늙은 로드리고, 얼마나 보기 좋은 모습이었는지, 늠름하고 당당하고, 나뭇가지를 우아하게 채어 잡고 앉아 셀레네[54]의 빛을 받으며 위풍당당하게 혼자 있었어. 내가 매에 감탄하고 있는 동안 안토니오 신부가 내 소매 깃을 잡아끌기에 돌아보았더니 눈을 휘둥그레 뜨고, 비 오듯 땀을 흘리고, 턱을 벌벌 떠는 모습이었다. 그가 나를 응시했을 때, 셀레네의 빛에 반사된 희뿌연 진주 같은 굵은 눈물을 흘리고 있는 것을 깨달았다. 안토니오 신부의 앙상한 손가락이 연이어 반대편 끝의 주랑 현관과 아치를 가리키고, 달 혹은 달빛을 가리키고, 별 없는 밤을 가리키고, 그 엄청난 크기의 뜰 한가운데에 우뚝 솟아 있는 나무를 가리키고, 그의 매 로드리고를 가리켰다. 나름대로의 방법에 입각해 이 모두를 가리켰지만 그는 계속 덜덜 떨고 있었다. 나는 신부의 등을 쓰다듬어 주었다. 작은 혹이 나 있는 등이지만, 어쨌든 소년 농부나 어린 육상 선수의 등처럼 여전히 아름다웠다. 그를 진정시키려 했지만 단 한마디도 할 수 없었고, 이윽고 안토니오 신부가 하염없이 울기 시작하는 바람에 내 육체에는 소름이 돋고 내 영혼에는 설명할 길 없는 두려움이 일었다. 한 줌밖에 안 되는 안토니오 신부가 윤기 나는 피부가 비치는 젖은 누더기 옷을 걸치고 고개를 처박은 채 눈물을 흘리는 것은 물론이고 이마와 손과 다리를 들썩였다. 그리고 내 눈 쪽으로 고개를 돌려 힘겹게 내게 모르겠냐고 물었다. 뭘 모르겠냐는 것일까?, 안토니오 신부가 녹초가 되는 동안 나는 생각했다. 저건 유다의 나무[55]란 말이오, 부르고스의 신부가 흐느끼면서 말했다. 추호의 의심이나 착각을 용납하지 않는 단호한 말이었다. 유다의 나무! 그 순간 내가 죽을 때가 되었나 하는 생각이 들었다. 모든 것이 정지되었다. 로드리고는 나뭇가지에 계속 앉아 있었다. 포석이 깔린 뜰인지 광장인지 셀레네의 빛이 계속 비추었다. 모든 것이 정지되었다. 나는 유다의 나무 쪽으로 발걸음을 옮기기 시작했다. 처음에는 기도를 하려고 했으나 어떠한 기도문도 떠오르지 않았다. 나는 걸었다. 광막한 밤에 내 발걸음

---

[55] 유다가 목매달아 죽었다는 이야기가 전하는 박태기나무.

소리는 거의 들리지도 않았다. 충분히 나무에 다가갔을 때 안토니오 신부에게 할 말이 있어 몸을 돌렸는데, 그는 벌써 어디에도 없었다. 안토니오 신부는 죽었어, 지금은 천국이나 지옥에 있어, 내가 중얼거렸다. 최소한 부르고스 공동묘지에 묻혀 있는데. 나는 걸었다. 매가 고개를 돌렸다. 한 눈으로 나를 관찰했다. 나는 걸었다. 꿈을 꾸고 있는 거야, 나는 생각했다. 나는 내 침대에서, 내 집에서, 산티아고에서 잠을 자고 있어. 이 뜰인지 광장인지는 이탈리아풍인데 나는 지금 이탈리아가 아니라 칠레에 있잖아. 매가 고개를 돌렸다. 다른 눈으로 나를 관찰했다. 나는 이미 나무 옆에 있었다. 로드리고가 나를 알아보는 것 같았다. 나는 한쪽 손을 들었다. 이파리 없는 나뭇가지들은 돌이나 마분지와 유사했다. 나는 손을 들어 나뭇가지를 건드렸다. 그 순간 매가 날아가고 나는 홀로 남았다. 나는 끝장이야, 내가 소리를 질렀다. 나는 죽었어. 그날 아침 잠에서 깨어난 뒤 가끔씩 유다의 나무, 유다의 나무 하고 흥얼거리는 나 자신을 발견했다. 강의 중에, 정원을 산책하면서, 일상의 독서를 잠깐 멈추고 차를 한 잔 타면서. 어느 날 오후 유다의 나무, 유다의 나무를 흥얼거리면서 가다가 칠레 전체가 유다의 나무로 변해 버렸다는 깨달음을 얻었다. 잎이 다 떨어져 겉보기에는 죽은 나무 같지만, 지렁이 길이가 40센티미터나 되는 우리의 비옥한 흑토에 아직 굳건히 뿌리를 내리고 있는 나무로. 그 후 나는 마리아 카날레스의 집을 다시 방문했는데, 그녀는 때마침 소설을 집필 중이었다. 우리 둘 사이에 오해가 있었던 것도 같은데 잘 모르겠다. 나는 뜬금없이 그녀 아들과 남편의 안부를 묻고, 중요한 것은 삶이지 문학이 아니라고 말했다. 그녀는 특유의 생글거리는 얼굴로 내 눈을 똑바로 바라보면서, 이미 알고 있고, 늘 알고 있었다고 대답했다. 내 권위는 비눗방울처럼 여지없이 터지고, 그녀의 권위는(그녀의 주권은) 상상하기 힘들 정도로 높아졌다. 나는 정신이 아득해져서 평소 앉던 안락의자에 몸을 파묻고 가능한 한 폭우를 피했다. 그 후 다시는 그녀의 문학 모임에 가지 않았다. 몇 달 후 한 친구가 이야기해 주기를, 어느 날 마리아 카날레스의 집에서 열린 파티 때 손님 한 사람이 저택 내부에서 길을 잃었다는 것이다. 남자였는지 여자였는지 확실하지는 않은데 아무튼 한 사람이 만취한 채 화장실을 찾아 나섰다. 토하고 싶어서였는지, 그저 용변을 보려고 했거나 얼굴을 좀 적시려고 했는지 모를 일이지만 술 때문에 방향을 잘못 잡았다. 오른편 복도 대신 왼편 복도로 꺾어 들어갔고, 다시 다른 복도에 들어서서 계단을 내려가 지하실로 접어들었는데 그 사람은 그 사실도 깨닫지 못했다. 사실 마리아 카날레스의 저택은 너무나 커서 십자말풀이 같았다. 그 사람은 복도 여러 개를 지나고, 이 방 저 방의 문을 열어 보고, 빈방이나 포장이 된 박스가 가득 찬 방 혹은 마푸체 여인이 단 한 번도 굳이 수고스럽게 제거한 적 없는 커다란 거미줄이 그득한 방 등 수많은 방과 맞닥뜨렸다. 마침내 다른 복도보다 좁은 복도에 접어들어 마지막 문을 열었다. 철제 침대 같은 것이 보였다. 불을 켰다. 침대 위에는 손발이 묶인 벌거벗은 남자가 있었다. 그 남자는 잠들어 있는 것 같았지만, 붕대로 눈을 가려 놓았기 때문에 확인 가능한 이야기는 아니다. 술이 확 깬 그 길 잃은 남자 혹은 여자는 방문을 닫고, 왔던 길을 조심스럽게 되돌아갔다. 응접실에 도달했을 때 그 사람은 위스키를 한 잔 또 한 잔 청했을 뿐 아무 말도 하지 않았다. 나중에, 얼마나 나중이냐고?, 그건 잘 몰라, 그 사실을 친구에게 말했고, 이 사람이 내 친구에게 말하고, 내 친구가 한참 뒤에 내게 이야기해 주었다. 내 친구는 안절부절못했다. 안심하고 가게, 내가 친구에게 말했다. 그 후에 다른 친구를 통해서 길을 잃은 사람이 남성 극작가 아니면 배우였다는 것을 알게 되었다. 그는 마리아 카날레스와 지미 톰슨의 저택에 있는 무수한 복도를 지겹도록 돌아다니다가, 조명이 희미한 복도 끝에 있는 그 방문에 이르고, 문을 열고, 그 지하실에 방치되어 있었지만 목숨이 붙은 채로 철제 침대 위에 묶여 있는 그 육신과 맞닥뜨리고, 꿈속에서 자신의 고통을 치유하고 있는 가련한 남자를 깨우지 않으려고 조심스럽게 문을 닫고, 왔던 길을 되짚어가 마리아 카날레스의 파티인지 문학 동호회인지 하는 야회에 다시 합류하고, 아무 말도 하지 않았다. 또한 몇 년 후, 보들레르의 구름과는 전혀 다른 방식으로 칠레 하늘에서 산산이 부서지고 파편화되고 터져 버리는 구름을 쳐다보고 있는 동안, 나는 산티아고 교외 저택의 곤혹스러운 복도에서 길을 잃은 이가 전위 연극 이론가라는 사실을 알게 되었다. 유머 감각이 대단한 이론가인 그는 방향을 잘못 잡았을 때, 유머 감각에다가 당연한 호기심이 더해져 결코 움츠러들지 않았고, 마리아 카날레스의 집 지하실에서 길을 잃었다는 것을 깨닫고도 겁에 질리기는커녕 장난꾼 기질이 발동했다. 그는 문마다 열어 보고, 심지어 휘파람까지 불어 대고, 마침내 지하실에서 가장 좁은 복도, 희미한 전등 하나가 달랑 켜져 있는 복도의 끝 방에 다다르고, 문을 열고, 눈이 가려진 채 철제 침대에 묶여 있는 남자를 보고, 숨 쉬는 소리를 듣고 그 남자가 살아 있다는 것을 알았다. 남자의 몸 상태는 좋지 않았다. 불빛이 시원치 않았지만 상처, 습진 비슷한 피고름, 마구 다루어진 신체 부위들, 여러 군데 뼈가 부러진 듯 험하게 부어오른 부분들이 보였다. 그래도 그 남자는 숨을 쉬고 있었다. 마지막 숨을 몰아쉬는 듯했지만. 전위 연극 이론가는 소리 없이 조심스럽게 문을 닫고, 자신이 올린 스위치들을 내리면서 응접실로 되돌아가는 길을 찾기 시작했다. 몇 달 후, 아니 어쩌면 몇 년 후, 문학 모임에 자주 가던 또 다른 이가 내게 같은 이야기를 해주었다. 그 이후로도 이 사람, 저 사람, 또 다른 사람이. 그리고 민주주의가, 모든 칠레인이 화해해야만 했던 순간이 찾아왔고, 지미 톰슨이 칠레 국가 정보국의 핵심 인사이며 자기 집을 심문소로 이용했다는 것을 알게 되었다. 반체제 인사들이 지미의 지하실을 거쳐 갔다. 그는 그곳에서 그들을 심문하고, 가능한 한 많은 정보를 캐낸 뒤 다른 여러 곳의 비밀 구치소로 보냈다. 지미의 집에서는 아무도 죽이지 않는 것이 일반적인 규칙이었다. 몇몇 사람이 죽어 나가기는 했어도 심문만 했다. 또한 지미가 워싱턴에 가서 아옌데의 옛 장관을 암살하고, 미국인 여성까지 같이 죽였다는 사실도 알려졌다. 또 칠레인 망명자들을 목표로 아르헨티나에서 수차례 테러를 기획하고, 심지어 아메리카에서 태어난 이들 특유의 소심함 때문에 지미가 문명의 땅으로 높이 평가하던 유럽에서도 테러를 자행했다. 그것이 알려진 사실이었다. 마리아 카날레스는 물론 훨씬 전부터 그 사실을 알고 있었다. 그러나 그녀는 작가가 되고 싶어 했고, 작가들은 서로 몸을 부대낄 필요가 있다. 지미는 부인을 사랑했다. 마리아 카날레스는 그 미국인을 사랑했다. 두 사람에게는 귀여운 아이들이 있었다. 꼬마 세바스티안은 부모를 사랑하지 않았다. 하지만 그래도 부모였다! 마푸체 여인은 나름대로 마리아 카날레스를 사랑했고, 어쩌면 남자 주인도 사랑했을지 모른다. 지미의 부하들은 그를 사랑하지 않았지만, 그들에게도 가족이 있었고 나름대로 가족을 사랑했다. 나는 스스로에게 다음 질문을 던졌다. 마리아 카날레스는 남편이 지하실에서 하는 일을 버젓이 알면서도 왜 손님들을 집에 끌어들인 것일까? 답은 간단했다. 야회가 열리는 동안에는 지하실에 심문할 객(客)을 두지 않는 것이 일반적인 규칙이었기 때문이다. 나는 스스로에게 다음 질문을 던졌다. 어째서 그날 밤 손님 하나가 길을 잃었을 때 그 가련한 남자를 발견하게 된 걸까? 답은 간단했다. 습관은 모든 조심스러움을 무디게 하고 일상은 모든 끔찍함을 누그러뜨리는 법이기 때문이다. 나는 스스로에게 다음 질문을 던졌다. 그 당시 왜 누구도 아무 말을 하지 않았을까? 답은 간단했다. 그 손님도 겁을 먹었고, 다른 사람들도 겁을 먹었기 때문이다. 나는 겁을 먹지 않았다. 뭔가 말할 수 있었다. 하지만 나는 아무것도 보지 못했고, 너무 늦게 그 사실을 알았다. 시간이 자애로이 감추어 버린 것을 무엇 때문에 들쑤신단 말인가? 나중에 지미는 미국에서 투옥되었다. 그는 말문을 열었다. 그의 진술은 칠레의 여러 장군을 고발하는 내용이었다. 그는 감옥에서 풀려나와 증인 특별 보호 프로그램 적용 대상이 되었다. 칠레의 장군들이 마피아 보스라도 되나! 칠레의 장군들이 거북한 증인들을 침묵시키려고 미국 중서부의 작은 마을까지 촉수를 뻗칠 수 있으리라는 건가! 마리아 카날레스는 혼자가 되었다. 모든 친구, 즐겁게 그녀의 문학 모임에 갔던 모든 이가 다 등을 돌렸다. 어느 날 오후 나는 그녀를 만나러 갔다. 통금 제도는 이미 없어졌고, 조금씩 변화 중인 교외의 그 거리로 자동차를 몰고 가는 것이 이상하게 느껴졌다. 집은 이미 예전의 그 집 같지 않았다. 모든 영화, 아무런 제재 없이 불야성을 이루던 영화는 사라지고 없었다. 이제는 그저 지나치게 큰 집이고, 정원을 돌보지 않아 잡초가 무성하다 못해, 어쩌다 지나가는 사람에게 요주의 저택 내부를 감추려는 듯 울타리 창살을 타고 올라갔다. 나는 정문 옆에 주차를 하고 인도에서 잠시 저택을 바라보았다. 유리창은 더러웠고 커튼이 쳐져 있었다. 어린이용 붉은색 자전거가 현관으로 통하는 계단 옆에 널브러져 있었다. 벨을 눌렀다. 잠시 후 문이 열렸다. 마리아 카날레스가 반쯤 몸을 내밀더니 무슨 일인지 물었다. 이야기를 하고 싶다고 대답했다. 그녀는 나를 알아보지 못했다. 기자인가요?, 그녀가 물었다. 이바카체 신부입니다, 내가 대답했다. 세바스티안 우루티아 라크루아 말입니다. 그녀는 몇 초 동안 시간을 거슬러 올라가는 듯하더니, 이윽고 미소를 짓고 집에서 나와, 우리 둘 사이를 갈라놓고 있는 정원을 가로질러 문을 열어 주었다. 전혀 기대하지 않은 손님이네요, 그녀가 말했다. 그녀의 미소는 내 기억과 별로 다르지 않았다. 세월이 많이 흘렀는데도 바로 어제 같네요, 내 생각을 읽기라도 한 것처럼 그녀가 말했다. 우리는 집으로 들어갔다. 예전처럼 가구가 많지 않았고, 정원처럼 실내도 퇴락해 있었다. 조명이 밝았던 것으로 기억되는 방들은 지금은 불그스름하게 충해를 입은 형국이고, 불가해하고 애잔하고 아스라한 장면들이 계속 이어지던 역사적인 시간대에 멈춰 있었다. 내 안락의자, 내가 늘 자리하던 안락의자는 아직 그곳에 있었다. 마리아 카날레스가 내 눈길을 좇더니 이를 눈치챘다. 앉으세요, 신부님, 신부님 댁이라 생각하시고요. 나는 아무 말 없이 자리에 앉았다. 그녀에게 자식들에 대해 물었다. 친지들과 며칠 지내고 있는 중이라고 대답했다. 자식들 건강은 괜찮소?, 내가 말했다. 아주 좋습니다. 세바스티안은 너무 많이 자라서, 보셔도 못 알아보실 겁니다. 남편 안부도 물었다. 미국에 있어요. 지금은 미국에 살고 있습니다, 그녀가 말했다. 어떻게 지냅니까?, 내가 말했다. 잘 있겠죠. 그녀는 피곤과 혐오가 반씩 밴 표정으로 의자를 내 안락의자 쪽으로 끌고 와 자리에 앉아 더러운 유리창으로 정원을 내다보았다. 예전보다 살이 쪘다. 예전보다 옷이 못했다. 그녀의 삶에 대해 물어보았다. 모두 다 자기 삶에 대해 알고 있노라고 대답하더니 천박하게 웃음을 터뜨리는 바람에, 전율을 일으키는 도전적인 태도마저 좀 느껴졌다. 그녀에게는 이미 친구도 돈도 없고, 남편은 그녀와 자식들을 잊어버렸고, 사람들은 다 등을 돌렸건만, 그녀는 계속 그곳에 있으면서 큰소리로 웃는 사치를 부리고 있었다. 마푸체 가정부에 대해서도 물어보았다. 남쪽으로 돌아갔어요, 그녀가 맥없이 말했다. 소설은 다 쓰셨나요?, 내가 조용히 물었다. 아직이요, 신부님. 그녀 역시 나처럼 목소리를 낮추며 답했다. 나는 턱을 괴고 잠시 생각했다. 냉철하게 생각을 하려 했으나 그럴 수가 없었다. 내가 그러고 있는 동안 그녀는 이따금 자기를 찾아온, 대부분 외국인인 기자들에 대해 말했다. 저는 문학 이야기를 하고 싶은데, 그들은 늘 정치, 지미의 일, 제 느낌, 지하실 이야기를 꺼내더군요. 나는 눈을 감았다. 머릿속으로 빌었다. 그녀를 용서해야 해, 그녀를 용서해야 해. 가끔, 아주 가끔 칠레나 아르헨티나 기자들이 오더군요. 지금은 인터뷰 비용을 받고 있습니다. 돈을 내든가 아니면 제 이야기를 듣지 못하든가 하는 거죠. 누가 제 예술 모임에 왔는지는 아무에게도 이야기하지 않아요. 온 세상 황금을 다 준다 해도요. 그건 약속할 수 있어요. 부인은 지미가 하는 모든 일에 대해서 알고 있었나요? 네, 신부님. 참회하고 있나요? 다른 모든 사람들처럼요, 신부님. 나는 숨이 막히는 것 같았다. 나는 일어나 창문을 열었다. 재킷 소매가 먼지로 얼룩졌다. 이윽고 그녀는 저택 이야기를 해주었다. 대지는 마리아 카날레스의 소유가 아니었는지, 진짜 주인들, 20년 이상 망명 생활을 한 유대인들이 그녀에게 소송을 제기했다. 그녀는 좋은 변호사를 고용할 돈이 없어서, 재판에서 지는 것을 기정사실로 받아들이고 있었다. 유대인들의 계획은 집을 다 허물어 버리고 새로 짓는 것이었다. 제 집에 얽힌 기억은 하나도 남지 않을 거예요, 마리아 카날레스가 말했다. 나는 측은하게 그녀를 바라보면서 말했다. 아마 그게 더 나을 거라고, 아직 젊지 않느냐고, 사법적으로 얽혀 있는 기소는 없지 않느냐고, 다른 곳에서 자식들과 새로 시작하라고. 제 문학 경력은요?, 그녀가 도전적으로 말했다. 필명이나 가명이나 애칭을 사용하시죠, 예수 그리스도의 사랑으로. 그녀는 내게 모욕을 당한 듯 나를 쳐다보았다. 그러고는 미소를 지으며 말했다. 지하실을 보고 싶으신가요? 바로 그 자리에서 그녀의 뺨이라도 갈기고 싶었지만, 참고 자리에 앉아 몇 번이고 고개를 가로저었다. 나는 눈을 감았다. 몇 달 뒤면 이제 보지 못할 텐데요, 그녀가 말했다. 목소리 크기나 뜨듯한 호흡으로 미루어 내게 얼굴을 바싹 들이대었다는 것을 알 수 있었다. 나는 다시 고개를 가로저었다. 집을 부술 겁니다. 지하실을 허물 거예요. 이곳에서 지미의 부하가 스페인인 유네스코 직원을 죽였죠. 이곳에서 지미가 세실리아 산체스 포블레테를 죽였어요. 가끔 아이들과 같이 텔레비전을 보고 있을 때 전기가 잠깐씩 나가곤 했어요. 비명 소리는 전혀 들린 적이 없고, 전기만 갑자기 나갔다가 조금 후 다시 들어오곤 했어요. 지하실을 보러 가고 싶으신가요? 나는 자리에서 일어나서, 예전에 조국의 문인들과 예술가들과 문화인들이 모이던 응접실을 몇 발자국 걸으면서 고개를 가로저었다. 그만 가겠습니다, 마리아, 가봐야 해요. 그녀는 자지러지게 웃었다. 하지만 어쩌면 그저 내가 상상력을 발휘한 것인지도 모른다. 우리가 현관에 다다랐을 때(천천히 밤이 되고 있었다), 그녀는 그 저주받은 집에 다시 홀로 남게 되는 것이 갑자기 두려운 듯 내 손을 잡았다. 나는 손을 꽉 쥐어 주고 기도하라고 권했다. 나는 너무 지쳐 있었고 내 말에는 확신이 없었다. 더는 할 수 없을 만큼 많이 기도했답니다. 그녀의 대답이었다. 기도하세요, 마리아, 기도하세요, 자식들을 위해서요. 그녀는 산티아고 교외의 공기, 석양의 정수인 그 공기를 들이마셨다. 그러더니 조용하고 차분하고 나름 용감하게 주변을 응시했다. 자기 집, 예전에 차를 주차하던 장소인 현관, 붉은색 자전거,

나무, 흙길, 울타리, 내가 열어 놓은 것 외에는 죄다 닫혀 있는 유리창. 저 멀리 깜빡거리는 별들을 보았다. 그리고 칠레에서는 이렇게 문학을 한다고 말했다. 나는 고개를 숙이고 그 집을 떠났다. 산티아고로 차를 몰고 돌아오면서 그녀의 말을 생각했다. 칠레에서는 이렇게 문학을 하지. 하지만 어디 칠레에서만 그런가. 아르헨티나, 멕시코, 과테말라, 우루과이, 스페인, 프랑스, 독일, 푸르른 영국과 즐거운 이탈리아에서도 그런걸. 문학은 이렇게 하는 거라고. 아니 우리가, 시궁창에 처박히기 싫어서, 문학이라고 부르는 것은 이렇게들 한다고. 이윽고 나는 다시 유다의 나무, 유다의 나무를 흥얼거렸고, 내 자동차는 다시금 시간의 터널 속으로, 시간의 속살을 갈아 부수는 거대한 기계 속으로 들어갔다. 페어웰이 죽은 날이 생각났다. 그가 원했을, 깔끔하고 차분한 장례식이 거행되었다. 내가 그의 집에 홀로 머물렀을 때, 페어웰의 존재와 부재를 어떤 식으로든 신비롭게 현현하고 있는 그의 장서 앞에 홀로 있을 때, 나는 그의 영혼에게 결국 우리에게 일어나고 만 일이 어째서 일어난 것인지 물었다(물론 수사학적인 질문이었다). 대답을 얻지 못했다. 나는 거대한 서가에 가까이 가서 책등을 손가락으로 어루만졌다. 누군가가 서재 구석에서 뒤척였다. 소스라치게 놀랐다. 구석으로 가까이 가서야 페어웰의 오랜 친구인 부인 한 사람이 잠들어 있는 것을 알게 되었다. 팔을 부축하고 집에서 나왔다. 냉장고 같은 거리로 장례 행진을 하면서 나는 페어웰이 어디에 있는지 물었다. 관 속이요, 앞서 가던 몇몇 젊은 이들이 대답했다. 멍청이들, 내가 말했지만 젊은이들은 벌써 사라지고 없었다. 이제 병자는 바로 나다. 내 침대가 급류 속에서 빙글빙글 돌고 있다. 물결마저 높았다면 죽음이 가까웠다고 생각했으리라. 그러나 물살만 빠를 뿐이라 나는 아직 희망을 품고 있다. 오래전부터 늙다리 청년은 침묵을 지키고 있다. 이제 나에게도 문인들에게도 비난을 퍼붓지 않는다. 해결책이 있을까? 칠레에서는 이렇게 문학을 하고, 서구의 위대한 문학도 이렇게 하는데. 머리에 똑똑히 새겨 두라고, 내가 늙다리 청년에게 말한다. 늙다리 청년은, 아니 늙다리 청년의 잔재가 입술을 달싹이며 〈아니야〉라는 입 모양을 한다. 나는 정신력으로 그것을 정지시켰다. 어쩌면 역사가 정지시킨 것인지도 모른다. 혼자서는 역사에 대항하기 힘들다. 늙다리 청년은 늘 혼자였고, 나는 늘 역사와 함께했다. 나는 팔꿈치에 몸을 의지하고 늙다리 청년을 찾는다. 내 장서, 침실 벽, 어둠과 밝음 사이를 가르는 창문만이 보인다. 이제 다시 일어나서 나의 삶과 강의와 서평을 재개할 수 있다. 프랑스의 새로운 문학에 속하는 책에 대한 서평을 썼으면 좋겠다. 하지만 기운이 없다. 해결책이 있을까? 페어웰이 죽은 뒤 어느 날 몇몇 친구와 함께 그의 오래된 라바 농장으로 갔다. 이를테면 감상적인 여행을 한 셈인데 나는 그곳에 도착하자마자 감상에서 깨어났다. 나는 젊었을 때 거닐었던 들판을 걷기 시작했다. 농부들을 찾아보았는데 그들이 기거하던 합숙소는 텅 비어 있었다. 한 노파가 나와 같이 간 친구들을 맞이했다. 나는 멀리서 그녀를 관찰했고, 그녀가 부엌으로 향할 때 따라가서, 창문 이편 바깥에서 인사를 건넸다. 그녀는 나를 쳐다보지도 않았다. 그녀가 가는귀가 먹었다는 사실을 이내 알아차렸지만 정말 나를 쳐다보지도 않았다. 해결책이 있을까? 어느 날 순전히 권태에서 벗어나 보려고 어느 젊은 좌파 소설가에게 마리아 카날레스에 대해 좀 아는지 물어보았다. 그 젊은이는 전혀 모르는 사람이라고 대답했다. 하지만 자네는 그녀 집에 간 적이 있는데, 내가 말했다. 그는 고개를 거듭 가로저으면서 즉시 이야기 주제를 바꾸었다. 해결책이 있을까? 가끔 나는 다른 언어로 이야기하는 시골 사람들과 마주친다. 그들을 멈춰 세운다. 농촌에 대해 이것저것 묻는다. 그들은 농촌에서 일하지 않는다고 대답한다. 자기들은 산티아고 혹은 산티아고 교외의 노동자라고, 한 번도 농촌에서 일을 해본 적이 없다고 말한다. 해결책이 있을까? 가끔 대지가 흔들린다. 지진의 진원지는 북쪽이나 남쪽이건만, 대지가 흔들리는 소리가 들린다. 가끔 현기증이 난다. 가끔 지진이 평소보다 오래 지속되고, 사람들은 대문이나 층계 밑에 숨거나 거리로 뛰쳐나간다. 해결책이 있을까? 거리를 달리는 사람들이 보인다. 지하철과 극장에 들어가는 사람들이 보인다. 신문을 사는 사람들이 보인다. 가끔 대지가 흔들리고 일순 모든 것이 정지된다. 그러면 나는 스스로에게 묻는다. 늙다리 청년은 어디 있는 거야?,

왜 가버렸을까? 진실이 차츰차츰 시신처럼 떠오른다. 바닷속 깊은 곳에서 혹은 낭떠러지 밑에서 떠오르는 시신. 떠오르는 늙다리 청년의 검은 윤곽이 보인다. 그의 흐느적거리는 윤곽. 마치 불모지 혹성의 언덕을 오르는 듯 떠오르는 그의 윤곽. 문득 병마의 그늘 아래 있는 내게 그의 사나운 얼굴, 그의 상냥한 얼굴이 보인다. 나는 묻는다. 내가 바로 늙다리 청년인가? 아무도 듣지 않는데 소리 높여 외치는 늙다리 청년이 나라면, 이거야말로 정말 큰 공포가 아닌가? 그러니까 그 가련한 늙다리 청년이 바로 나란 말인가? 그러자 내가 존경하던 얼굴들, 내가 사랑하고 증오하고 질투하고 경멸하던 얼굴들이 주마등처럼 스친다. 내가 보호해 준 얼굴들, 내가 공격한 얼굴들, 내가 방어하던 얼굴들, 내가 헛되이 찾고자 한 얼굴들이.

그 후 지랄 같은 폭풍이 휘몰아치기 시작한다.

옮긴이의 말
태초에 파괴가 있었다

문학 유감

바야흐로 피노체트의 철권통치로 칠레 사회가 얼어붙어 있던 시절이다. 감시의 눈길, 심리적 위축, 통금 제도 등으로 인해 예술인들이 모이기를 꺼리고, 마음 편히 즐기고 예술을 논할 만한 곳도 딱히 없던 그 시절에 어느 날 구세주가 등장한다. 마리아 카날레스라는 여인으로, 이 여인은 미국인 남편과 두 아이와 함께 살고 있는 교외의 넓은 저택에 수시로 예술인들을 초청해 파티를 열었다. 아름답고 기품 있고 인심 좋고 서글서글하고 예술을 사랑하고 창작열에 불타는 문학도인 그녀는 결코 그 누구도 싫어할 수 없는 완벽한 여인이었다.

그러던 어느 날 파티에서 술 취한 손님 하나가 화장실을 찾다가 길을 잃는다. 그리고 지하실을 헤매던 중 무심코 어느 방문을 열었다가 소스라치게 놀란다. 고문을 당한 듯한 사람이 눈이 가려진 채 철제 침대 위에 묶여 있는 광경을 목격한 것이다. 그 사람은 잠들었는지 혹은 기절했는지 아무 반응이 없었고, 손님은 조용히 문을 닫고 파티 장소로 되돌아와서는 감히 아무 말도 꺼내지 못하고 집을 떠난다. 이윽고 산티아고 문화계에 마리아 카날레스의 저택에 대한 흉흉한 소문이 돈다. 문제의 지하실은, 그녀의 남편이며 비밀 정보국 요원인 지미 톰슨이 정치범을 심문하고, 심지어 고문까지 하던 장소였다. 모든 사람이 경악하고, 모두 그녀에게서 등을 돌린다. 하지만 사건 전모가 밝혀진 것도 사람들이 등을 돌린 것도 음산한 소문이 돈 직후가 아니라, 오랜 세월이 지나 군부 독재가 종식된 다음의 일이었다. 그 으스스한 소문에도 불구하고 마리아 카날레스의 파티는 계속되었고, 예술인들은 여전히 그녀의 집을 찾았다. 그러다 정권이 바뀐 후에야 비로소 발길을 끊고, 등을 돌리고, 나아가 그 집에 드나든 사실 자체를 부인했다.

『칠레의 밤』의 주인공으로 칠레를 대표하는 지성이자 문학 평론가인 이바카체 신부는 한편으로는 마리아 카날레스 저택에서 벌어진 천인공노할 일에 분노하지만, 다른 한편으로는 조변석개하는 세상 인심에 그녀에게 연민을 느낀다. 그래서 그녀의 집을 찾고, 대화를 나누고, 충고를 건넨다. 그러나 모든 것을 잃고 악에 받칠 대로 바친 마리아 카날레스는 도발적인 언행으로 일관한다.

이윽고 그녀는 저택 이야기를 해주었다. 대지는 마리

아 카날레스의 소유가 아니었는지, 진짜 주인들, 20년 이상 망명 생활을 한 유대인들이 그녀에게 소송을 제기했다. 그녀는 좋은 변호사를 고용할 돈이 없어서, 재판에서 지는 것을 기정사실로 받아들이고 있었다. 유대인들의 계획은 집을 다 허물어 버리고 새로 짓는 것이었다. 제 집에 얽힌 기억은 하나도 남지 않을 거예요, 마리아 카날레스가 말했다. (중략) 지하실을 보고 싶으신가요? 바로 그 자리에서 그녀의 뺨이라도 갈기고 싶었지만, 참고 자리에 앉아 몇 번이고 고개를 가로저었다. 나는 눈을 감았다. 몇 달 뒤면 이제 보지 못할 텐데요, 그녀가 말했다. 목소리 크기나 뜨듯한 호흡으로 미루어 내게 얼굴을 바싹 들이대었다는 것을 알 수 있었다. 나는 다시 고개를 가로저었다. 집을 부술 겁니다. 지하실을 허물 거예요. 이곳에서 지미의 부하가 스페인인 유네스코 직원을 죽였죠. 이곳에서 지미가 세실리아 산체스 포블레테를 죽였어요. 가끔 아이들과 같이 텔레비전을 보고 있을 때 전기가 잠깐씩 나가곤 했어요. 비명 소리는 전혀 들린 적이 없고, 전기만 갑자기 나갔다가 조금 후 다시 들어오곤 했어요.

지하실에서 전기 고문이 자행되는데도 아이들과 함께 태연자약하게 텔레비전을 보고 있는 여인. 실로 인면수심(人面獸心)이 어떤 것인지 보여주는 대목으로, 역자로서는 이 대목에서 오랜만에 소름 끼치는 독서 경험을 했다.

정말로 경악스러운 사실은 이 장면이 저자인 로베르토 볼라뇨의 상상의 산물이 아니라는 점이다. 이는 피노체트 치하에서 실제로 벌어진 일이었다. 비밀 정보 요원 미국인 남편과 작가 부인 모두 실존 인물이다. 문제의 집 지하실은 피노체트 시절의 비밀경찰인 국가 정보국 취조실이었고, 미국인 지미는 미국 CIA와 칠레 국가 정보국을 위해 일하던 마이클 타운리였다. 그리고 마리아 카날레스는 마리아나 카예하스로, 산티아고에 본부가 있는 UN 산하 라틴 아메리카 경제 위원회 직원이었고 국적도 칠레가 아니라 스페인이었던 카르멜로 소리아가 고문 끝에 숨진 그 집에서 실제로 예술인들과 파티를 벌였다고 한다.

볼라뇨는 이 실제 사건을 토대로 문학과 작가들을 구역질 나는 존재로 격하시키는 상상력을 발휘한다. 이바카체가 마리아 카날레스에게 남편과 달리 기소는 면했으니 다른 곳으로 떠나 자식들과 새롭게 출발하라고 권하자 그녀는 대뜸 〈제 문학 경력은요?〉 하고 묻는다. 작품 속의 그녀는 엄연히 등단 작가이다. 하지만 문학성이 아닌 연줄, 즉 고문이 자행되던 집에서 연 파티로 등단의 영예를 얻었다는 암시가 언뜻 내비친다. 그런데도 창작을 계속하고 싶다니 문학이 기가 막힐 노릇이다. 인간을 논할 자격이 없는 사람이, 문학의 자율성도 지식인으로서의 사회 비판 의무도 헌신짝처럼 내버린 여인이 권력으로 만든 연줄에 기대어 얻은 문학 경력을 포기하지 못하겠다고 하니 말이다.

그런데 더 기가 막힌 일은 이바카체(세바스티안 우루티아 라크루아의 필명)의 행보이다. 그는 자신이 칠레 문단에서 절대적인 지위에 오르게 된 것이 〈우리 문학을 명쾌하게 밝히려는 노력, 이성적인 노력, 문명화 노력, 마치 죽음의 해안가를 밝히는 겸허한 등대처럼 조신하고 화합적인 어조가 담긴 노력을 기울이며 자신의 분석을 큰 목소리로 읽고 설명해 주었기 때문〉이라고 주장한다. 그러나 문단의 권력자 페어웰과의 연줄이 이바카체의 영향력에 밑거름이 되었음을 암시하는 대목들이 나온다. 또한 이바카체가 성공하게 된 결정적인 원인이 피노체트라는 절대 권력과의 밀착 덕분이라는 정황도 존재한다. 이바카체는 아옌데 시절에는 칠레의 〈혼란〉에 눈을 질끈 감고 그리스 고전을 읽는 데만 몰두한 인물로 묘사되어 있다. 군사 쿠데타가 일어난 직후 기나긴 독서를 마치면서 피력한 그의 소회도 〈참 평화롭군〉, 〈정말 조용하군〉이었다. 이러한 이념적 행보 덕에 이바카체는 피노체트를 비롯해 쿠데타의 주역인 군사 평의회 최고 위원 4인을 대상으로 한 비밀 강연을 의뢰받을 수 있었다. 역자는 이 에피소드에 또 한 번 모골이 송연했다. 이바카체가 요청받은 강연이 10회에 걸친 마르크스주의 강연이었고, 작중의 피노체트에 따르면 〈칠레의 적들을 이해하고, 어떻게 생각하는지 알고, 그들이 어디까지 갈 작정인지 짐작하기 위해서〉 그런 자리를 마련했다고 하니, 이는 쿠데타 주역들의 광기를 엿볼 수 있는 대목이기 때문이다.

아무튼 이바카체가 전 세계를 누비고 다닐 정도로 〈빛나는 칠레인〉으로 성장하게 된 것은 그 직후였다. 이처럼 떳떳하지 않은 경력을 지닌 그가 마리아 카날레스의 행적에 분개하고 세상 인심을 탓하고 있으니 이바카체는 그녀 이상으로 뻔뻔스러운 존재인 셈이다. 더구나 다른 예술인들과 마찬가지로 마리아 카날레스의 파티에 여러 차례 참석했으면서도 자신은 거의 가지 않았노라고 강변하고, 그 집 지하실에서 고문이 이루어지고 있다는 이야기를 수차례 듣고도 침묵으로 일관한 이바카체였으니 말이다.

마리아 카날레스를 방문했을 때 그녀가 던진 마지막 한 마디는 〈칠레에서는 이렇게 문학을 한다〉는 것이었다. 이바카체는 아무 대답도 하지 못한다. 그리고 점점 그녀의 말이 옳다는 생각이 치민다.

산티아고로 차를 몰고 돌아오면서 그녀의 말을 생각했다. 칠레에서는 이렇게 문학을 하지. 하지만 어디 칠레에서만 그런가. 아르헨티나, 멕시코, 과테말라, 우루과이, 스페인, 프랑스, 독일, 푸르른 영국과 즐거운 이탈리아에서도 그런걸. 문학은 이렇게 하는 거라고. 아니 우리가, 시궁창에 처박히기 싫어서, 문학이라고 부르는 것은 이렇게들 한다고.

『칠레의 밤』은 이렇게 문학의 비겁함과 천박함, 그리고 문인의 고상한 척하는 허위의식을 적나라하게 드러내며 막을 내린다.

태초에 파괴가 있었다

 허구적 요소가 대폭 가미되기는 했으나 이바카체도 실존 인물에서 영감을 얻었다. 본명은 호세 미겔 이바녜스 랑글루아José Miguel Ibáñez Langlois이고 이그나시오 발렌테Ignacio Valente(1936~)라는 필명으로 활동한 인물이다. 작중에서와 마찬가지로 오푸스 데이 신부이자 시인이자 문학 평론가인 발렌테는 1966년부터 칠레 최대 일간지「엘 메르쿠리오El Mercurio」에 문학 평론을 쓰면서 점차 칠레 문단에 막강한 영향력을 행사했다. 피노체트 시절 정부 기관지라는 조롱을 들을 정도로 친정부 행보를 한 바로 그 일간지이다. 쿠데타 직후 피노체트를 비롯한 군사 평의회 최고 위원 4인이 마르크스주의 강의를 들었다는 것은 이제는 정설이고, 그 강의를 발렌테가 했다는 이야기도 신빙성이 높다. 『칠레의 밤』에서 이바카체를 문단의 중심부로 끌어들인 페어웰 역시 실존하는 모델이 있다. 알로네Alone라는 필명으로 발렌테 이전에 「엘 메르쿠리오」지를 통해 강력한 영향력을 행사하던 에르난 디아스 아리에타Hernán Díaz Arrieta(1891~1984)이다. 알로네는 작중에서처럼 이념 문제로 네루다와 소원해지기는 했으나 시인으로서의 그의 천재성을 발견한 최초의 인물 중 하나이다. 아마도 그래서 볼라뇨가 이 인물에게 네루다의 시「이별Farewell」을 본떠 〈페어웰〉

이라는 이름을 부여한 듯하다.

볼라뇨가 『칠레의 밤』에서 발렌테와 알로네를 모델로 한 인물들을 우스갯거리로, 위선자로, 권력의 기생충으로 그린 것은 볼라뇨의 평소 생각이 투영된 것이다. 그는 라틴 아메리카의 스페인어권 국가 중에서 아르헨티나와 멕시코 외에는 문학 전통이라고 할 만한 것을 가진 나라가 없다고 주장한다. 심지어 『칠레의 밤』을 〈신생국의 메타포, 자신이 나라인지 풍경인지도 잘 모르는 그런 나라의 메타포〉를 다룬 작품이라고 규정하는 데서 엿볼 수 있듯이 조국 칠레가 〈국가〉이기나 하냐 하는 시각까지 내비친다. 따라서 〈촌티〉 나는 칠레이므로 발렌테나 알로네 같은 소수의 평론가가 정치권력이나 문단 권력에 빌붙어 마피아 같은 작태를 부린다는 것이 『칠레의 밤』이 던지는 메시지 중 하나일 것이다. 물론 문인들도 예외는 아니다. 니카노르 파라나 엔리케 린 등 일부 시인을 제외한 거의 대부분의 칠레 문인은 볼라뇨의 독설의 대상이었다. 파블로 네루다, 호세 도노소, 이사벨 아옌데처럼 세계가 알아주는 문인들까지도 말이다.

하지만 볼라뇨가 칠레 문학에만 신랄했던 것은 아니다. 볼라뇨가 청소년기 때부터 거주하면서 창작을 시작한 멕시코에서 있었던 일화를 보면 그렇다. 멕시코의 시인이자 소설가인 카르멘 보우요사는 이런 회고를 한다. 그녀는 1970년대 중반 멕시코시티 간디 서점에서 생애 처음으로 시 낭송을 하게 되었다고 한다. 그래서 새벽까지 도무지 잠을 이룰 수가 없었다. 청중 앞에서 시를 읽는다는 것이 몹시 두려웠기 때문이다. 그녀의 공포가 절정에 다다른 것은 낭송회장이 아수라장으로 변하는 장면이 머릿속을 스치면서였다. 〈시 낭송 도중에 그들이 난입하여 자신을 바보 천치라고 조롱하는 일이 발생하기라도 한다면? 문학 행사장을 돌아다니면서 야유를 퍼붓는 일을 일삼아 문학 테러리스트로 인식되고 있는 그들이 나타난다면? 당시 이미 멕시코 문단의 살아 있는 전설이었으며, 훗날 노벨 문학상을 수상한 옥타비오 파스의 문학 행사도 난장판으로 만들어버린 그들이〉 하는 생각이 보우요사에게 잠 못 이루는 밤을 선사한 것이다. 그녀가 떠올린 〈그들〉은 〈인프라레알리스모 *infrarrealismo*〉 운동을 표방하던 일군의 젊은 시인들로 바로 로베르토 볼라뇨와 멕시코 시인 마리오 산티아고 등이 이끌던 그룹이었다. 〈인프라레알리스모〉 운동은 칠레의 국제적인 화가이자 시인인 로베르토 마타가 1947년 브르통의 초현실주의 그룹에서 축출된 후 이듬해 자신만의 아방가르드 운동을 주창하면서 붙인 이름이다. 볼라뇨 등은 1970년대 중반 〈인프라레알리스모〉라는 용어를 되살렸는데, 볼라뇨 자신은 이를 〈멕시코판 다다〉라고 정의하였다. 즉, 특정 문학 경향이나 유파에 대한 반대가 아니라 문단을 비롯한 기존 질서에 대한 파괴를 지향했던 것이다.

그러니 볼라뇨에게 성역이 있을 리 없었다. 두 명의 노벨 문학상 작가인 네루다와 파스를 한 사람은 민족주의와 민중에 함몰되었다는 이유로, 또 한 사람은 지나치게 상아탑 속에 갇혀 있었다는 이유로 가차 없이 비판했다. 시인으로 출발한 볼라뇨가 그다지 빛을 보지 못한 이유 중 하나로 조국 칠레의 대문호 네루다와 제2의 조국 멕시코의 대문호 파스를 깔아뭉개 버린 과격함이 괘씸죄로 작용했다는 의견도 있다. 이런 견해가 맞는지 판단하기는 힘들지만, 볼라뇨의 과격함이 어느 정도였는지는 미루어 짐작할 수 있을 것이다.

소설가로 변신한 이후에도 볼라뇨의 우상 파괴 작업은 계속된다. 대표적인 경우가 〈붐boom〉 소설에 대한 비판이다. 1960년대 라틴 아메리카 소설이 세계 문학으로 발돋움하는 데 결정적으로 기여한, 가르시아 마르케스를 비롯한 라틴 아메리카의 세계적인 작가들을 막연히 통칭하는 〈붐〉 소설에 볼라뇨가 적대적인 이유는 초기 〈붐〉 소설의 혁신성과 그 참신함은 인정하지만 이후 상업화되고 또 영혼 없는 추종자들을 양산했다는 판단에서였다. 그래서 볼라뇨는 〈굶어 죽는 한이 있더라도 결코 붐 소설의 적선(積善)을 받아들이지 않겠다〉고 선언했고, 멕시코의 소설가 호르헤 볼피는 그리하여 볼라뇨의 글쓰기 작업을 〈매일 붐 소설과 벌이는 전투〉라고 규정했다. 볼라뇨의 태초에는 이처럼 파괴가 있었다.

파괴와 창조
라틴 아메리카 문단에서 〈붐〉 세대와 견줄 만한 상

업적 성공을 거둔 작가는 흔치 않다. 더군다나 〈붐〉 세대만큼 강력한 사회적인 영향력을 행사한 작가도 별로 없다. 참으로 복받은 세대가 아닐 수 없다. 그러나 〈붐〉 세대의 영광이 찬란히 빛날수록 그 뒤에 드리워진 그림자도 짙고 길었다. 〈붐〉 세대의 미학에 동의하지 못하거나 아니면 그들을 뛰어넘는 독창적인 문학을 이루고자 하는 후배 문인들에게 그들의 영광은 너무나 거대한 장벽이었다. 결국 수많은 문인들이 〈붐〉 세대의 후광에 편승하거나, 작은 성공에 만족하거나, 표류했다. 그러나 볼라뇨는 달랐다. 세상에게 버림받을지언정 자신이 원하는 문학을 고수했다. 그리고 마침내 『야만스러운 탐정들』(1998)로 〈붐〉 세대 이후를 꿈꾸던 작가들의 새로운 우상으로 우뚝 섰다. 이 소설을 계기로 받게 된, 한때 라틴 아메리카의 노벨 문학상이라 불리던 로물로 가예고스상 수상 연설에서 볼라뇨는 〈작가의 조국은 여럿일 수 있지만, 그 조국에 도달하기 위한 유일한 통행증은 글의 품격〉이라고 말했다. 그리고 〈오직 품격만을 생각하는 창작 행위는 아찔한 낭떠러지 위 계곡 길을 걷는 것처럼 대단히 위험한 일〉이라고 말했다. 문학적 순수성과 그 치열함을 지키려면 문단의 우상, 유혹, 관행 등과 위험한 대결을 벌여야 하고, 그러다 보면 생존까지 걱정해야 하는 처지에 몰릴 수 있기 때문이다.

　문학을 파괴하고, 우상을 파괴하고, 기존 질서를 파괴하려는 볼라뇨의 몸부림은 아름답고 따뜻하고 가슴

뭉클한 문학과는 거리가 먼 작품들로 귀결되었다. 볼라뇨의 문학 세계를 확연히 보여 주는 그 기념비적인 작품들이 아마도 『야만스러운 탐정들』과 『2666』일 것이다. 두 작품 모두 미국과 멕시코의 국경 지대, 즉 정체성이 부유하고 범죄가 기승을 부리고 세계화의 모순이 날카롭게 드러나는 그 지대를 무대로 인간과 인류 문명을 가차 없이 파괴해 나간다. 확실히 이 두 작품은 스케일이 훨씬 더 크다는 점에서 기념비적인 작품이다. 그러나 『칠레의 밤』, 『아메리카의 나치 문학』, 『먼별』 등등 거의 모든 작품에서 볼라뇨의 처절한 〈파괴〉는 일관된 것이었고, 『칠레의 밤』을 읽으면서는 마리아 카날레스나 이바카체 같은 인간쓰레기와 숱하게 조우하는 가운데 볼라뇨가 인간 자체까지 멸종시키려 하는 것 아닌가 하는 생각을 하게 된다. 볼라뇨의 이러한 몸부림이 〈파괴를 위한 파괴〉인지, 아니면 〈위대한 창조를 위한 파괴〉인지는 앞으로 열린책들에서 계속 번역, 출간될 그의 작품들을 통해 독자들이 직접 판단할 수 있게 되기를 바란다.

우석균

로베르토 볼라뇨 연보

1953년 출생 4월 28일 칠레의 산티아고에서 로베르토 볼라뇨 아발로스 태어남. 아버지 레온 볼라뇨는 아마추어 권투 선수이자 트럭 운전수였고, 어머니 빅토리아 아발로스는 수학 선생님이었음. 볼라뇨는 어린 시절 읽기 장애가 있었는데, 어머니는 시를 좋아하는 어린 아들이 좌절하지 않도록 용기를 북돋워 주었음. 볼라뇨는 가족과 함께 발파라이소, 킬푸에, 비냐델마르, 로스앙헬레스 등 칠레의 여러 도시에서 유년기를 보냈으며, 그중 로스앙헬레스에 가장 오래 거주하였음.

1968~1973년 15~20세 가족과 함께 멕시코의 멕시코시티로 이주함. 학교에 입학했으나 중퇴했고, 다시는 교실에 발을 들여놓지 않겠다고 굳게 결심함. 1968년 10월 멕시코시티 올림픽 개막 며칠 후, 이 도시를 뒤흔든 학생 소요와 경찰의 무력 진압 현장을 목격함. 이는 수백만의 학생이 학살되거나 투옥되었던 10월 2일 틀라텔롤코 대학살에 뒤따라 벌어진 사건이었음. 이러한 일련의 사태는 이후 볼라뇨의 작품, 특히 『야만스러운 탐정들 *Los detectives salvajes*』과 『부적 *Amuleto*』의 소재가 됨. 15세부터 시를 쓰기 시작했으며, 독서에 푹 빠져 생활함. 그는 서점 진열대에서 책을 훔쳐 읽으며 지식을 습득했고, 훗날 서점 직원들이 자기 손에 닿지 않는 곳에 몇몇 책을 꽂아 놓아 읽을 수 없었다고 원망하기도 함. 그는 자신이 독학을 한 것이 아니라 〈모든 것을 책에서 배웠다〉고 말함. 사춘기 말과 성년 초기를 멕시코에서 보냄. 이때를 멕시코에서 보낸 제1시기라고 할 수 있음.

1973년 20세 8월 아옌데 대통령의 사회주의 정부를 전복하려는 피노체트의 쿠데타(9월 11일)가 발발하기 전에 사회주의 건설에 참여하기 위해 칠레로 돌아와 아옌데의 사회주의 혁명을 지지하는 좌파 진영에 가담함. 쿠데타가 일어나자 콘셉시온 근처에서 체포되어 투옥되었으나, 마침 어릴 적 친구였던 간수의 도움으로 8일 만에 석방됨. 이 행적은 순전히 볼라뇨 자신의 진술에 의거한 것으로, 볼라뇨는 이 극적인 사건을 여러 작품에 다양한 형태로 서술하였음.

1974~1977년 21~24세 멕시코로 돌아와 아방가르드 문학 운동인 〈인프라레알리스모 *infrarrealismo*〉를 주창함. 〈인프라레알리스모〉는 프랑스 다다이즘과 미국 비트 제너레이션의 영향을 받은 시 문학 운동으로, 볼라뇨가 친구인 시인 마리오 산티아고와 함께 결성하였으며 멕시코 시단의 기득권 세력을 비판하며 가난과 위험, 거리의 삶과 일상 언어에 눈을 돌리자고 주장한 반항적 운동임. 문학 기자와 교사로 일했으나 무엇보다도 시를 읽고 쓰는 데 집중함.

1975년 22세 브루노 몬타네와 함께 시집 『높이 나는 참새들 *Gorriones cogiendo altura*』 출간.

1976년 23세 일곱 명의 다른 〈인프라레알리스모〉 시인들과 함께 산체스 산치스 출판사에서 시집 『뜨거운 새 *Pájaro de calor*』 출간. 그리고 같은 해 첫 단독 시집인 『사랑을 다시 만들어 내기 *Reinventar el amor*』 출간. 이 시집은 한 편의 장시를 9개의 장으로 나누어 실은 얇은 책으로, 후안 파스코에가 지도하는 타예르 마르틴 페스카도르 시 아틀리에에서 출간되었음. 북아메리카 미술가 칼라 리피의 판화를 표지 그림으로 쓴 이 책은 225부만 인쇄하였음. 이때를 멕시코에서 보낸 제2시기라 할 수 있음.

1977년 24세 유럽으로 이주. 파리를 비롯해 유럽 여러 나라의 도시들을 여행한 후 스스로 〈세상에서 가장 아름다운 도시〉라고 경탄한 바르셀로나에 정착함. 이후 접시닦이, 바텐더, 외판원, 캠핑장 야간 경비원, 쓰레기 청소부, 부두 노동자 등 온갖 직업에 종사하며 생계를 유지함. 그러면서도 계속 시를 씀.

1979년 26세　11인 공동 시집인 『불의 무지개 아래 벌거벗은 소년들 Muchachos desnudos bajo el arcoiris de fuego』 출간.

1980년 27세　시를 계속 쓰면서 본격적으로 소설 집필에 전념하기 시작함.

1982년 29세　카탈루냐 출신 카롤리나 로페스와 결혼.

1984년 31세　안토니 가르시아 포르타와 함께 쓴 소설 『모리슨의 제자가 조이스의 광신자에게 하는 충고 Consejos de un discípulo de Morrison a un fanático de Joyce』를 출간, 스페인의 암비토 리테라리오 소설상 수상.

1986년 33세　카탈루냐 북동부 코스타브라바의 헤로나 근처의 블라네스라는 바닷가 소도시로 이사. 볼라뇨는 죽을 때까지 이 도시에서 살았음.

1990년 37세　아들 라우타로 태어남. 1990년대 초부터 볼라뇨는 자신의 시와 소설들을 스페인의 다양한 지역 문학상에 출품하기 시작함. 그는 문학상을 받아 생계에 보탬이 되고 자신의 작품이 출판되기를 희망하였음.

1992년 39세　시집 『미지의 대학의 조각들 Fragmentos de la universidad desconocida』이 출간 이전 라파엘 모랄레스 시(詩) 문학상 수상. 치명적인 간 질환을 진단받음.

1993년 40세　소설 『아이스링크 La pista de hielo』 출간, 스페인의 알칼라데에나레스 시(市) 중편 소설상을 수상. 시집 『미지의 대학의 조각들』 출간. 볼라뇨는 이때부터 본격적으로 문학계의 인정을 받기 시작함. 이때부터는 오직 글쓰기로만 생활비를 벌었다.

1994년 41세　소설 『코끼리들의 오솔길 La senda de los elefantes』 출간, 스페인의 펠릭스 우라바엔 중편 소설상 수상. 시집 『낭만적인 개들 Los perros románticos』이 출간 전 스페인의 이룬 시(市) 문학상을 수상함.

1995년 42세 시집 『낭만적인 개들』 출간.

1996년 43세 가공의 작가들이 쓴 가짜 백과사전인 소설 『아메리카의 나치 문학 La literatura nazi en América』과 『먼 별 Estrella distante』 출간. 이해부터 볼라뇨는 바르셀로나의 아나그라마 출판사와 인연을 맺고 대부분의 작품을 이곳에서 출간하기 시작함.

1997년 44세 단편집 『전화 Llamadas telefónicas』 출간, 칠레의 산티아고 시(市) 상 수상. 이 소설집 맨 앞에 수록된 단편소설 「센시니 Sensini」도 같은 해 따로 단행본으로 출간됨. 대표작 중 하나로 꼽히는 방대한 분량의 소설 『야만스러운 탐정들 Los detectives salvajes』이 출간되기 전에 스페인의 권위 있는 문학상인 에랄데 소설상을 수상함.

1998년 45세 『야만스러운 탐정들』 출간. 이 소설은 동시대를 멋지게 그려 낸 한 편의 대서사시와 같은 장편소설로서, 뛰어난 철학적·문학적 성찰과 스릴러적인 요소, 파스티슈, 자서전의 성격이 혼재하는 독특한 작품이다. 소설의 두 주인공은 볼라뇨 자신의 분신이라 할 수 있는 아르투로 벨라노와, 볼라뇨의 친구로서 함께 인프라레알리스모 운동을 이끌었던 마리오 산티아고를 모델로 한 울리세스 리마이다. 울리세스 리마는 이후 다른 작품에도 등장함. 『파울라』지로부터 소설 심사 위원 위촉을 받아 25년 만에 칠레를 방문함.

1999년 46세 『야만스러운 탐정들』로 〈라틴 아메리카의 노벨 문학상〉이라 불리는 베네수엘라의 로물로 가예고스상 수상. 소설 『부적 Amuleto』과, 『코끼리들의 오솔길』의 개정판인 『므시외 팽 Monsieur Pain』 출간. 오라 에스트라다는 『부적』을 엄청난 걸작으로 평가했다.

2000년 47세 소설 『칠레의 밤 Nocturno de Chile』과 시집 『셋 Tres』 출간. 볼라뇨는 자신의 짧은 소설 가운데 가장 완벽한 작품으로 『칠레의 밤』을 꼽았다. 스페인의 주요 일간지인 「엘 파이스」와 「엘 문도」에 칼럼 게재.

2001년 48세 단편집 『살인 창녀들 *Putas asesinas*』 출간. 볼라뇨가 등장인물로 나오는 하비에르 세르카스Javier Cercas의 소설 『살라미나의 병사들 *Soldados de Salamina*』도 출간됨. 이 소설에서 볼라뇨는 주인공이 소설을 완성하도록 도와주는 인물로 등장함. 2003년 영화로도 제작된 이 작품의 성공으로 볼라뇨는 스페인에서 유명해짐.

2002년 49세 실험적인 소설 『안트베르펜 *Amberes*』과 『짧은 룸펜 소설 *Una novelita lumpen*』 출간.

2003년 50세 사망하기 몇 주 전 세비야에서 열린 라틴 아메리카 작가 대회에 참가하여 만장일치로 새로운 라틴 아메리카 문학의 대변자로 추앙됨. 7월 15일 바르셀로나의 바예데에브론 병원에서 아내 카롤리나와 아들 라우타로, 딸 알렉산드라를 남긴 채 간 부전으로 숨을 거둠. 단편집 『참을 수 없는 가우초 *El gaucho insufrible*』 사후 출간. 대표작 중 하나인 『2666』이 출간되기 전에 바르셀로나 시(市) 상을 수상함.

2004년 『참을 수 없는 가우초』가 칠레의 알타소르 소설상 수상. 필생의 역작 『2666』 출간, 스페인의 살람보상 수상. 1천 페이지가 넘는 어마어마한 분량의 이 소설은 볼라뇨가 죽을 때까지 손에서 놓지 않고 매달린 야심작임. 처음에는 작가의 뜻에 따라 1년 간격으로 5년에 걸쳐 5부작으로 출판하려 했으나, 1권의 〈메가 소설〉로 출간됨. 『2666』은 북멕시코의 시우다드후아레스 시에서 3백 명 이상의 여인이 연쇄 살인된 미해결 실제 사건을 주요 모티프로 삼아 산타테레사라는 도시를 배경으로 재구성한 작품임.

2005년 『2666』이 칠레의 알타소르 소설상, 칠레의 산티아고 시(市) 문학상 수상. 칼럼과 연설문, 인터뷰 등을 모은 『괄호 치고 *Entre paréntesis*』 출간.

2006년 볼라뇨의 인터뷰를 모은 『볼라뇨가 말하는 볼라뇨 *Bolaño por sí mismo*』 출간.

2007년 단편소설과 다른 글들을 모은 『악의 비밀 *El secreto*

del mal』과 시집『미지의 대학 *La universidad desconocida*』 출간.『야만스러운 탐정들』영어판 출간,「뉴욕 타임스」선정 〈2007년 최고의 책〉으로 꼽힘.『먼 별』이 2007년 콜롬비아 잡지『세마나』에서 선정한 〈25년간 출간된 스페인어권 100대 소설〉 14위에 오름.

2008년 『2666』의 영어판 출간, 평단과 독자 모두에게 호평을 받으며 대단한 인기를 누림. 전미 서평가 연맹상 수상.「뉴욕 타임스」와『타임』선정 〈2008년 최고의 책〉으로 꼽힘.

2009년 『2666』이「타임스 리터러리 서플러먼트」,「스펙테이터」,「텔레그래프」,「인디펜던트 온 선데이」,「샌프란시스코 크로니클」,「NRC 한델스블라드」등 세계 각국의 유력지에서 〈2009년 최고의 책〉에 선정되었으며「가디언」에서는 〈2000년대 최고의 책 50권〉으로 꼽힘. 스페인 유력지「라 반과르디아」에서 선정한 〈2000년대 최고의 소설 50권〉 중『2666』이 1위로 꼽힘.

2010년 소설『제3제국 *El Tercer Reich*』출간됨. 현재 볼라뇨의 전작은 스페인을 비롯한 이탈리아, 독일, 프랑스, 네덜란드, 스웨덴, 핀란드, 그리스, 체코, 폴란드, 세르비아 등 유럽권 국가는 물론 미국과 영국 등 영어권 국가, 그리고 브라질, 터키, 이스라엘, 일본에 이르기까지 번역, 출간되며 〈볼라뇨 전염병〉을 퍼뜨리고 있다.

칠레의 밤

옮긴이 우석균은 1965년 서울에서 태어나 서울대학교 서어서문학과를 졸업했다. 페루 가톨릭 대학교에서 석사 과정을 마친 뒤, 스페인의 마드리드 콤플루텐세 대학교에서 중남미 문학 박사 학위를 받았다. 박사 논문 집필 중 칠레 대학교와 아르헨티나 부에노스아이레스 대학교에서 수학했다. 현재 서울대학교 라틴아메리카연구소 HK교수로 재직 중이다. 지은 책으로 『잉카 IN 안데스』, 『바람의 노래 혁명의 노래』, 『라틴 아메리카를 찾아서』(공저)가 있고, 옮긴 책으로 『침실로 올라오세요, 창문을 통해』(공역), 『사랑과 다른 악마들』, 『라틴 아메리카의 근대를 말하다』(공역), 『네루다의 우편배달부』, 『부에노스아이레스의 열기』, 『마술적 사실주의』(공역) 등이 있다.

지은이 로베르토 볼라뇨 **옮긴이** 우석균 **발행인** 홍예빈·홍유진 **발행처** 주식회사 열린책들 **주소** 경기도 파주시 문발로 253 파주출판도시 **전화** 031-955-4000 **팩스** 031-955-4004 **홈페이지** www.openbooks.co.kr Copyright (C) 주식회사 열린책들, 2010, *Printed in Korea*. ISBN 978-89-329-1032-1 03870 **발행일** 2010년 2월 5일 초판 1쇄 2022년 6월 1일 초판 10쇄

이 도서의 국립중앙도서관 출판예정도서목록(CIP)은 서지정보유통지원시스템 홈페이지(http://seoji.nl.go.kr)와 국가자료공동목록시스템(http://www.nl.go.kr/kolisnet)에서 이용하실 수 있습니다.(CIP제어번호 : CIP2010000200)